寡黙な悪役令嬢は寝言で本音を漏らす

一、沈黙して難を逃れる悪役令嬢

緊張に喉が渇いて、サパテロ公爵家の令嬢……否、今日から宰相《さいしょう》である男性の妻、伯爵夫人となったパウラ・バラーダはコップに水をほんの少し注いで、口に含んだ。

もう、部屋に籠ってから何度目になるか、わからない。

パウラがいるのは夫婦の寝室である。けれども、その部屋にいるのはパウラ一人だった。

最初は新しく迎えた新婦を気遣い、新郎であり主人でもあるオレゲール・バラーダが帰宅するまではと侍女達が傍に控えていてくれたのだが、パウラが指示して日を跨ぐ前に部屋から下がって貰った。

初夜《しょや》であるが、宰相《さいしょう》として多忙を極めるオレゲールが夫婦の寝室を訪れる様子はまだなく、パウラは彼がこの部屋を訪れる時には既に疲労困憊な状態なのではないかと、ただそればかりを心配していた。

残念ながら、自分がオレゲールの力にはなれないことをパウラは知っている。彼が手掛けている仕事は、パウラが手伝えるほど単純なものではなく、そもそも機密情報が多いのだ。

これからもオレゲールが仕事の話をパウラに振ることはないだろうし、手伝わせてくれることもないだろう。

屋敷全体が静まり返る中、時を刻む音だけがその存在を主張していた。

オレゲールを待つ間に開いていた本も、緊張からか全く頭に入ってこない。

時間が経てば落ち着くと思っていた心臓は、時を経るごとに昂っていく。

いつ帰って来るのかはわからない。けれども、帰って来る時が迫っているのは確かだ。

(少し、外の空気を吸おうかしら)

パウラはずっと緊張を強《し》いられ、熱くなった身体を冷まそうとバルコニーへと足を向けた。

二階にある夫婦の寝室のバルコニーからは庭園が一望できる。その庭園の真ん中を縫うようにして、公道から真っ直ぐに私道が敷かれていた。

パウラのいるバラーダ伯爵家の邸宅《ていたく》は、本邸ではない。

バラーダ伯爵領内に本邸があり、そこにはオレゲールの両親がオレゲールの王城勤めを機に、オレゲールと入れ替わるようにして住んでいる。

パウラがいる王都内のこの別宅は、代々王城に勤める貴族達の屋敷が集まる王都の一等地に建てられた。客を招いたりすることも多いため、本邸よりも別宅の方に財力を注ぎ込む貴族が大半で、バラーダ伯爵家の別宅もその中のひとつである。

一等地から王城までは、一番遠い場所にある屋敷であっても馬車で十五分ほどしかかからない。

それぞれの屋敷が必ず緑を配しているため、景観も良く治安も良かった。

(このままここでオレゲール様のご帰宅を待った方が、いいかもしれない)

この屋敷を訪れる馬車は必ずその私道を通る。今のパウラはガウン姿であるため屋敷の中をウロウロとする訳にはいかないが、それでも戻って来たことさえわかれば、心の準備はしやすい。逆に、戻って来ていないことがわかれば不要な緊張はしないですむ。

(それにしても……こうして上から見ても、バラーダ伯爵家の庭園は公爵家に勝るとも劣らない、素晴らしい造りだわ)

パウラの生家である公爵家は、別名白亜城《はくあじょう》と呼ばれ、非常に煌《きら》びやかで洗練された印象の屋敷だった。

白亜城《はくあじょう》自体は庭園に向かって真っ直ぐ横に伸びた建物の形をしており、その大きな庭園はいつ見ても見事としかいいようのない出来栄えで、シンメトリーに刈られた木々や色鮮やかな季節の花々、そして幾つものお洒落《しゃれ》な噴水が客人を出迎えていた。

そんな実家の庭と比べてしまえば、他家の庭は大抵見劣りしてしまうものである。それはこの屋敷の庭も同様で、やはり小さくは感じてしまう。

しかし、公爵邸とは全く趣《おもむき》の異なる、コの字型をした荘厳《そうごん》な建物であるバラーダ伯爵邸の庭園は、アシンメトリーに背の高い樹木を所々配置しており、それがとてもいいアクセントになっていた。

綺麗に整頓されたお行儀のいい白亜城《はくあじょう》とは逆で、野性味を感じさせるかのようなその庭はまさに伯爵家のイメージにぴったりであり、パウラの目を存分に楽しませてくれる。

今は見慣れないこの庭園も、そのうち生きてきた年数分を余裕で超えて、やがて公爵家の庭園より馴染みのあるものになるのだろうと思えば、不思議な縁を感じた。

庭園を眺めるパウラの身体を、夜風が撫でる。

パウラの火照《ほて》った身体は、そよ、と秋口の爽やかな風に当たって大層心地好く感じたが、そうでなければ季節の変わり目特有の肌寒さを感じるかもしれない、とパウラは思った。

(ご無理をされてなければいいけれど……)

初夜《しょや》に放置されているパウラであるが、その顔に浮かぶのは怒りではなく、ただ姿を現さない新郎への憂心《ゆうしん》のみである。

新郎オレゲールの勤め先は、目と鼻の先だ。それなのに一向に帰宅する気配を感じられないということは、少なくともつい先刻まではずっと働いていることになる。

(隣国ジェイホグとの関係が悪化して、オレゲール様のお仕事は今が大変なはずなのに……入籍の日取りはそのままにして下さるなんて)

パウラとオレゲールの入籍の予定が先に決まっていたとはいえ、後回しにされなかったことは、ただそれだけでパウラの心を癒した。しかも、オレゲールはパウラの意思を尊重すると言ってくれたのだ。オレゲールが忙しいことをわかっていて、それでも変更せずに今日、入籍したいと言ったのはパウラの方である。

だからこそパウラは、オレゲールの足手まといにはなりたくなかった。

オレゲールが仕事で悩むことは避けられないし、また働く上では誰でも仕方のないことであるが、家庭では極力気を遣わせたくなかった。

そもそも、悪役令嬢であるパウラを、推しキャラのオレゲールが貰ってくれるだけでも、パウラにとってはこの上なく有り難いことなのだ。

——そう、パウラは自分が悪役令嬢であることを知っていた。

この世界は、病弱だった転生前のパウラが病室で何度もプレイした『白薔薇に酔う』という乙女ゲームの世界である。

幼い頃に風邪を拗《こじ》らせ高熱で一週間寝込んでいた時、パウラは転生前の記憶を思い出し、今後の自分の運命に気付いた。

『白薔薇に酔う』の中で、白薔薇とはヒロインを意味する。

とても可愛い平民ヒロインで、扱える力は聖属性。闇化していく土壌を浄化できるという、稀有《けう》なる力を持っている設定だ。その能力が認められ、ヒロインが魔塔《まとう》と呼ばれるアカデミーに入るところからゲームは開始する。

そして、ヒロインが魔塔に滞在する三年の間に、ヒーロー達を攻略するというゲームなのだ。そのゲームの攻略対象は、第一王子、王弟、魔塔の教師、護衛騎士、魔塔に潜入している魔王……等々合計で十三名になる。

そして、その中で転生前のパウラの好きだったキャラが、どちらかと言うと地味で人気のない、目の下の隈が特徴的な次期宰相《さいしょう》のオレゲールだった。

宰相《さいしょう》の息子という肩書はあるものの、他のキャラが剣術や魔力、武術や容姿に秀でているといったチート能力を持つキャラが多い中、オレゲールは第一王子を支える縁の下の力持ち的な立ち位置で、特筆するようなチート能力はない。どちらかといえばヒーロー候補の中でもメインというよりはサブの扱いである。

一方、殆《ほとん》どの攻略ルートに出てくる悪役の邪魔者キャラ、それが公爵令嬢であるパウラである。透き通るようなきめ細やかな肌、深い紫色の豊かに波打つ神秘的な長い髪、強く赤い輝きを放つ瞳をしたスタイル抜群の美女だ。

ヒロインが攻略対象者の誰かと仲良くする度に出現してはその恋路を徹底的に邪魔し、ヒロインがヒーローと結ばれた際にはパウラだけがバッドエンドを迎える。

正直、対象は十三人もいるのだから、ヒロインとは別の誰かを狙えば幸せまっしぐらなはずの、権力も財力も持ち合わせている美女パウラ。いつもヒーローの怒りを買って、乙女ゲームにしては些かやりすぎな『ざまぁ』をされてしまう悪役令嬢だ。

そのことを思い出したパウラは、まだ幼いにもかかわらず、これから自分を待ち受けている災難からどうやって逃れよう、とばかり考えるようになった。

母親がいれば相談もできたのだろうが、パウラの母親はパウラが乳飲み子の頃に他界しており、それから母親代わりとしてパウラの面倒を一手に引き受けてくれた専属の乳母《うば》は、重度の心配性である。彼女に相談をすれば、いい解決法を得られるどころか、国中の医者に診て貰う羽目になるのはわかりきっていて、残念ながら相談相手としては不適当であった。

（しかも、パウラが悪役令嬢として育った一因である気がする）

乳母《うば》は悪人ではない。

ただ、パウラのことをなんでも「流石お嬢様」と言って、崇め奉る傾向にあった。選民意識が強く、何かと平民を見下した発言を繰り返す人間が傍にいれば、どうしたって影響は受けようというもの。

パウラが自分のことを「何をしても許される、特別な存在」とヒロインに対して言うシーンがあるのだが、これぞまさに乳母《うば》から毎日のように言われている言葉である。

現在進行形で、「お嬢様は何をしても許される、特別な存在なのですよ」とまるで刷り込みのように毎日言われていた。

では父親はどうかという話だが、父親に至っては普段から多忙を極めており、パウラにとって相談するほどの間柄ではない。ただ、母親を早くに亡くした子供達、とりわけ一人娘の末っ子パウラを不憫《ふびん》に思う気持ちはあるのか、親としては厳しいというよりかなり甘い部類に相当する。

パウラに近い大人達がこの二人だからこそ、パウラはなんでも人を思い通りにできると考える傲《ごう》慢《まん》な女性に成長したのだろう。

ただ、同じ環境で育ってもそういう女性にならない人は沢山いるだろうし、やはりパウラ本来の持って生まれた性質なのか、まだ他に何か理由があるのかもしれない。

(この記憶も、いつまでしっかりと覚えていられるか定かではないもの)

一週間寝込んで得た記憶なのだから、再び一週間寝込めば忘れてしまうかもしれない。

今のままの環境が続けば、再び記憶を失った際、パウラは「悪役令嬢」の道へと突き進んでいく可能性が十分に残されている。

パウラだけが変われればいい訳ではない。

悪役令嬢を生み出した環境そのものも、記憶があるうちに取り除いておかなければならない。

ただ、乙女ゲームで、パウラの容姿やどんな性格なのかは説明があったとしても、その過去や環境までは全く触れられていなかった。ゲーム上では悪役令嬢として既にでき上がった存在であり、ヒロインの恋愛にスパイスを投入するためだけに登場するからだ。

(本来なら乳母《うば》と距離を置いた方がいいのだろうけど……)

いくら転生前の記憶を取り戻したとはいってもパウラはまだ六歳で、母親を恋しがる気持ちが変わる訳ではなかった。

(そうですわ、子供はみんな、誰だって母親を恋しがるものなのに)

ふとパウラは思い出した。パウラの乳母《うば》にも、パウラより五歳ほど年上の一人息子がいる。

だが、乳母《うば》は実の一人息子よりもパウラのことばかりを溺愛しており、日中に息子を気に掛ける様子は見られなかった。

乳母《うば》は、元々没落寸前の子爵家の令嬢だった。平民としては裕福な商家に金で買われるようにして嫁いだのだが、子供が生まれて直ぐに破産し、旦那はそれと同時に浮気相手と姿をくらました。乳母《うば》は実家に帰ることもできず、路頭に迷うところをパウラの母親に昔のよしみで助けられたのだ。

だから乳母《うば》は自分をそんな目に遭わせた旦那……ひいては平民を毛嫌いしているし、そんな旦那との間に生まれた子供には無関心である。パウラの母親を崇拝《すうはい》し、パウラの母親が亡くなった今ではその忘れ形見である一人娘を猫可愛がりしているのである。

（何故私は、乳母《うば》を独り占めしてきたのかしら）

一人息子の立場からしてみれば、面白い訳がない。まだ少年と言える年齢の子供本人にはなんの罪もないのだ。

（こんなことにも気付かないなんて、やはり悪役まっしぐらということかしら……）

「あの、私……お兄様達以外の同じ年頃の子と遊んでみたいのだけど。乳母《うば》にも子供がいたわよね？　今度連れて来て下さらない？」

思い切ってパウラがそう提案すると、乳母《うば》はぎょっとした表情を浮かべて両手をぶんぶんと身体の前で振る。

「そんな、パウラ様……！　うちの子は男の子ですし、パウラ様よりずっと大きいのでご期待に添えないかと。何よりパウラ様は平民なんかと遊んではいけません、卑しさが身に付いてしまいます！」

「でも……いつも乳母《うば》にはお世話になっているのだもの。一度くらい、会ってみたいのだけど……」

想定内の返事にパウラがお願い、と上目遣いで乳母《うば》を見れば、乳母《うば》は溜息をつきながらそれでも首を横に振った。

「申し訳ございません、パウラ様。息子は今、体調を崩しておりまして……」

「まあ……いつから体調が悪いの？　乳母《うば》が傍にいなくても大丈夫なの？」

「……私の最優先は、パウラ様でございますから」

乳母《うば》はそう言うと、流石にバツが悪かったのか、視線を逸らす。

乳母《うば》は使用人のための部屋を息子と二人で使っている。つまり、部屋に具合の悪い子供を独りっきりにしたままなのだ。パウラの看病は乳母《うば》でなくても、必ず誰かが看るにもかかわらず。

パウラは直ぐに、メイドを呼ぶためのベルを鳴らした。

「……今直ぐ、乳母《うば》の部屋に主治医を向かわせて下さい」

そう命じたパウラに異を唱えたのは、あろうことか乳母《うば》本人だった。

「なりません、公爵家のお医者様は、高貴な方々を診るために公爵家が雇っていらっしゃるのですから」

そう注意され、パウラは悲しくなり俯く。

体調が悪く、起きても母親が傍にいないのはどれほど心細いことだろう。パウラ自身がまだ幼いこともあって、今まで乳母《うば》の息子を全く気遣ってあげられなかった。

幸いにも、闘病していた転生前の記憶が、幼いパウラの視野を広げる。

「……乳母《うば》は、私にお母様のようになって欲しいと……思っていないの？」

「勿論、パウラ様はお母様のように、誰にでも優しく立派な方になられると信じております」

「誰にでも、なのでしょう？　お母様だったら、きっと……今の私と同じようにおっしゃったと思わない？」

「それは……」

乳母《うば》が凍りつき、パウラはメイドに再度同じ指示を出した。

もう乳母《うば》はパウラを止めなかった。二人のやり取りに、どうしたらいいかわからず戸惑い立ち尽くしていたメイド達も、その後は迅速に動いてくれた。

「今日からしばらく、息子さんについていてあげて。私のことは、みんながやってくれるから大丈夫」

パウラがそう笑顔で言うと、乳母《うば》は申し訳なさそうに眉を下げた。

しかし結果として、パウラの指示に従ってよかったとその場にいた全員が思うこととなる。

乳母《うば》は息子が軽い風邪を引いただけと思っていたが、結論から言うと肺を悪くしており、もっと空気の綺麗な場所へ行って、療養《りょうよう》することが必要との診断が下されたのだ。

「苦しかっただろうに、ずっと我慢していたんだね」

もっと拗《こじ》らせていたら、手遅れになったかもしれない。今日診ることができて良かった、と続けた主治医の言葉に、乳母《うば》は泣いて一人息子に謝り続けた。

パウラから見ても、二人の親子関係はこれから良くなっていくだろうという兆しが窺えた。

(間に合って、本当に良かった……)

パウラの勧めもあり、乳母《うば》は最終的に療養《りょうよう》目的でもよく使われる他領の別荘地へ、一人息子と二人で引っ越すことに決めた。

パウラは自分に甘い父親に、その別荘地にある公爵家の別荘の管理を乳母《うば》に住み込みで任せて貰えないかと頼んだ。父親は二つ返事で許可を出し、乳母《うば》はその土地で再び就職先と住む場所を探さずにすんだ。

お金を稼ぎながら息子の療養《りょうよう》ができるので、女手ひとつで息子を育てている乳母《うば》は何度もパウラにお礼を言った。

「落ち着いたら、お手紙を下さい。必ず会いに行くわ」

「本当に、色々ありがとうございました、パウラ様。パウラ様はまだこんなに幼いのに、とても優しく賢くなられて……！　またパウラ様のお傍でお勤めできる日を、楽しみにしております」

「はい、私も楽しみにしています」

少しの引っ越し荷物を馬車に積み込み終えた乳母《うば》と一人息子が公爵家を去る日、パウラは乳母《うば》と抱き合って別れを惜しんだ。

乳母《うば》はいつだって、パウラの味方をしてくれた人だ。そんな人との別れは、たとえ距離だけの問題であっても、辛く悲しいことだった。

こうしてパウラは母親のように慕っていた乳母《うば》と、離れることとなった。

代わりに侍女が二人配属されたのだが、その者達とはつかず離れず、適度な距離感で、また当然不快なこともなく上手にかかわることができた。

もし、あのまま乳母《うば》の息子が身体を悪くしたとして、最悪亡くなっていたとしたら。

無関心ではあったかもしれないけれど、情がない訳ではない乳母《うば》の、パウラに対する執着はより強くなっていたのかもしれない。

（これで、仮に転生前の記憶を失ったとしても、過度な選民意識は持たずにすむと思うのだけれど……）

それから三年後。

少し安心し、また油断していたパウラに、ある日父親が夕食時に満面の笑みで声を掛けてきた。

「パウラ、お前の婚約者が決まりそうなのだが、誰だと思う？」

普段は忙しくしている父親と偶々一緒に過ごすことができた食事の席で、まるで今日は吉日だとでも言うように、にこにこと声を掛ける父親とは対照的に、パウラの血の気は引いた。

パウラはまだ転生前の記憶を取り戻したままだったが、明らかに年々記憶が薄れていくのを感じていた。それでも、今の父親の発言で思い出した情報がある。

婚約者……悪役令嬢パウラは、ゲームのスタート時点では確か、第一王子の婚約者として登場するのではなかったか？

「い、嫌です」

「パウラ？」

パウラが急に震え出したのを見て、隣に座っていた兄達も気遣わしげにパウラを見やる。

「嫌です。私、まだ婚約者なんて欲しくありません！」

「パウラ、急にどうしたんだい？」

普段大人しい娘が急に泣き叫び出し、父親は慌てて慰めようとした。

「パウラにとって、これはとてもいいことなんだよ？　誰もが羨ましがる、良縁《りょうえん》に恵まれたんだから」

「でしたら、羨ましがる子にその良縁《りょうえん》をあげて下さい！」

父親の説得に応じることなく、パウラは懸命に婚約を回避しようとする。

「パウラ……」

これといった能力のない悪役令嬢パウラは、魔塔に入れなかった。

それなのに、あんなに堂々と魔塔に出入りしていた理由は他でもない、第一王子の婚約者だったからだ。それを免罪符《めんざいふ》に、魔塔への出入りのみならず、次世代を担う一番高貴な女性という立場で、他者を平気で踏みつけるような性格になってしまった。

「父上、この話はまた後にした方がいいんじゃない？」

「そうだよ、パウラは昔、父上と結婚するって言ってたし。ね？　パウラ」

頼もしい兄達がパウラの味方をし、そして父親は二人目の兄が言った言葉に相好《そうごう》を崩す。

「ふむ……パウラにはまだちょっと話が早過ぎたか。しかし、これぱかりは私一人で断る訳にもいかないからなぁ……一旦保留にして貰おう」

「よろしくお願い致します、お父様」

パウラはそう言いながらも、父親が本気で取り合ってくれてはいないことに気付いていた。

そもそも、保留では全く安心できない。第一王子との婚約は一度成立してしまえば、それを破棄することの方がずっと面倒なことになるだろう。

その日の夜、パウラは二人の兄の部屋を訪ねた。

この二人の兄も十三人の攻略対象者に含まれており、ヒロインがどちらかと結ばれた場合、パウラは一番マシなルートである、修道院送りとなるのだ。

「お兄様方、ご相談があるのですが」

「うん、どうしたの？　パウラ」

「相談事なんて珍しいね、言ってごらん？」

ニコニコとパウラに笑い掛ける兄達も、ヒロインと親密になればなるほど、ブラコン化している妹の対処に悩むようになる。

今は当然、そんな様子は欠片も見受けられないが。

「私……本当に婚約なんて、したくありませんの」

パウラがそう宣言すれば、兄達は顔を見合わせた。

「それ、僕達も聞こうと思ってたんだけど」

「パウラは、相手が誰だか知っていて嫌だと言っているの？」

そう聞かれ、パウラはキョロキョロと辺りを見回す。

「ふふ、大丈夫だよ、パウラ。僕達以外はこの部屋にいないし、誰も聞いてないから」

「まさか、不敬罪を気にしているの？　しっかりしているねぇ」

兄達しか部屋にいないことを確認し、それでもパウラは小声で言う。兄が不敬罪、という言葉を使った時点で、もうパウラの予想は当たっているも同然だった。

「……第一王子殿下なのではないかと思っております」

兄達は目を見開き、そして再び顔を見合わせた。

「……そうだよ。よくわかったねぇ」

「ねぇ、パウラは公爵家の娘だから、一番王妃殿下に近い地位にいるんだ。第一王子殿下と結婚すれば、将来的にはこの国で一番偉い女性になれるんだよ？」

パウラは首を横に振る。

「嫌です……」

そんなもののために、死にたくはない。それに、正直言って、グイグイと女性を引っ張っていく俺様タイプの第一王子はパウラの好みではないのだ。

「そう。でも、お父様があぁ言ったってことは、王室からの打診《だしん》だったかもしれないし、それなりに話が進んでそうだから……正当な理由もなく断れなそうだよね？」

「そうだねぇ……ああ、大丈夫。僕達はパウラの味方だから！」

半泣き状態になったパウラを慰めようと、二人の兄は努めて明るく振る舞う。

「ありがとうございます、お兄様方。それにしても……お断りするにも、正当な理由が必要なのですね……」

兄達の言葉を聞きながら、パウラはふむふむと頷いた。

ただ、それを考えるのは父親の役目な気がしなくもない。今のパウラにできることといえば、ただひたすらに、心底嫌なのだと父親に理解して貰うことだけだ。

「……ところで、お兄様達でしたら、もし嫌なことをお父様から押し付けられそうになった時は、どうなさいますか？」

「そうだねぇ……僕なら、部屋から一歩も出ないとかかな」

「僕は、食事を何日も抜いたなぁ」

「そうなのですね……とても参考になります。ありがとうございました」

パウラはそう言って、兄達の部屋を後にした。

縁談は嫌だと言ってパウラが兄達に相談したことは、明日の朝にでも父親の耳に入ることだろう。

ただ、理由もなしに、勝手にこちらから破談にすることは難しいらしい。

数日間待ってなんの連絡もなければ、父親が断りやすくなるような理由を作るべきかもしれない。

今直ぐ第一王子とヒロインを引き合わせ、第一王子側から断って貰えればそれに越したことはないが、そういう訳にもいかない。

ヒロインの稀有《けう》なる能力が開花するのは、今頃のはずだ。

(あら……？　そういえば、ヒロインの能力が開花する場所って……)

数日後、パウラは自室に手紙を一枚残し、少量の荷物と、二人の護衛騎士と共に、姿を消した。


「まぁまぁ、パウラ様！　こんなに大きくなって……！　この乳母《うば》のこと、忘れないで下さりありがとうございます！　遠路はるばる会いにまで来て下さって……」

「ちょっと母さん、泣き過ぎだろ。すみません、パウラ様。わざわざ母に会いに来て下さって、ありがとうございます」

殆《ほとん》ど交流のなかった乳母《うば》の息子ジェフも、突然やって来たパウラを乳母《うば》と一緒に快く出迎えてくれた。

「いいえ……むしろ、会いに来るのが遅くなってしまって、すみません。ジェフの身体の方も、だいぶ回復されたとか。本当に、良かったです……」

ジェフは、別荘の椅子に座り寛いでいるパウラに跪き、頭を下げた。

「はい、その節は大変お世話になりました。一度きちんとした御礼を申し上げたいと思っておりました。……パウラ様にはこの命、助けて頂いて感謝しております」

「いいえ……私は主治医に診て貰う手配をしただけで、助けたのは私ではありませんし……」

実際助けたのは、病に気付いた主治医だったり、療養《りょうよう》のために引っ越しを決意した乳母《うば》だったり、もっと直接的な働きをしたのは、強《し》いていえばこの土地の空気だったりするだろう。

パウラがふるふると首を振ると、ジェフはすっかり逞しく育った身体をきりっと緊張させ、パウラに宣言した。

「この命、パウラ様に捧げたいと思い……この度、騎士の道を目指すことと致しました。これから魔塔でしっかりと訓練を積んだ後、公爵家で騎士として雇って頂けるよう、そしてパウラ様をお守りできるよう、誠心誠意頑張りたいと思います」

「まぁ……」

まさかそんな言葉を聞けるとは思えず、パウラは目を丸くする。

ただ、パウラが気にしている単語が出て、つい口を滑らせた。

「魔塔、ですか？」

乳母《うば》は嬉しそうに、パウラの言葉に頷く。

「そうなんですよ、パウラ様。息子はお医者様の勧めで、体力作りのためにこの地域の自警団の訓練に参加していたのです。木刀《ぼくとう》を振り回していただけなのですけど、息子に剣の才能があるのではないかと、お声が掛かりまして。もうこの通り身体も良くなりましたし、この度魔塔へ推薦《すいせん》を頂けることになったのです」

そう話す乳母《うば》は嬉しそうで、そして息子を誇らしく思っているようだった。

パウラから離れ、息子と一対一で過ごす時間ができたのは、ジェフにとっては勿論、乳母《うば》にとってもとてもいいことだったと感じ、パウラは自分まで嬉しくなる。

「魔塔は才能がないと入れないアカデミーです。素晴らしいですね」

いくつかの貴族向けのアカデミーでは賄賂《わいろ》次第で入学できるところもあるそうだ。しかし魔塔の上層部は腐っておらず、どんなに金を積んだとしても、能力がないものは魔塔に入れないという。

「と言っても、しっかり試験はあるみたいなので、合格できるようこれからも訓練に励みたいと思いますが」

「そうなのですね、応援しています。是非、立派な騎士になって下さいね」

「はい！」

ジェフがにっこりと笑ったところを見て、パウラは変なデジャヴを覚えた。

……騎士。

そういえば、パウラと因縁《いんねん》のある護衛騎士が、乙女ゲームの攻略対象者にいたような気がする。

最初からパウラのことを毛嫌いしているキャラなため、ヒロインが攻略する難易度はとても低いのだ。筋骨隆々《きんこつりゅうりゅう》なキャラだったので転生前のパウラの好みから外れ、ゲームをやり込んだ割には、その護衛騎士のルートは一度さらりとメインのストーリーをなぞっただけだった。

名前すらすっかり忘れたその護衛騎士だが。

(……似ている気がする……)

今はまだ筋肉がそこまで付いていないが、もっと成長すれば、まさにあの護衛騎士そのものの姿になるだろう。

(ということは……彼に殺されるルートは一先ず、外れたということかしら……?)

ジェフが攻略対象者であったならば、放っておいても死ぬことはなかったのだろう。

けれども、パウラに心酔《しんすい》する母親から見放された状態が続いた息子であれば、パウラを恨みながら、自分を顧みない母親に見切りを付けて、ある日公爵家を去ったとしてもおかしくはない。

というより、少しだけ触れたその護衛騎士の過去はそんな感じだった気がする。

そして、ヒロインと護衛騎士が結ばれれば、ヒロインを嵌《は》めて殺そうとしたパウラは、ヒーローである護衛騎士自身の手によって葬られるのだ。

ヒーローはパウラに深い憎悪を抱いていたけれども、今目の前にいるジェフの瞳には、憎悪よりも尊敬や崇拝《すうはい》といった、母親である乳母《うば》がパウラに抱くものと同じ感情が色濃く映っていた。

(別件で来たのだけど……結果として、とてもいい方向に話が向いたのかもしれない……)

パウラと乳母《うば》とジェフは、その日一日、昔話に花を咲かせた。

「まぁ！　パウラ様のご婚約ですか？」

「はい。婚約が嫌で、父に抗議するために、ここまで逃げて来たのです」

本当は、破談にするための理由を作りに来たのだが、それは伏せておく。

今回の旅は公爵家の護衛騎士を二人連れてのプチ家出であるため、父親が本気を出せばいつでも連れ戻されてしまうような可愛らしいものだ。

書き残した手紙には抗議よりもお願いを強調してしたためたので、恐らくパウラに甘い父親ならば護衛騎士もつけていることだしと少し大目に見てくれるのではないかという目論見もあった。

そして、パウラが思いついた破談の理由を確かなものにするためには、パウラの状態を証言する客観的な存在が必要で、場所的にも人的にも護衛騎士や乳母《うば》が最適だと考えたのだ。

「道理で、先触れもなくパウラ様がいらっしゃるなんておかしいと思ったのですよ。公爵家の馬車ではございませんし、護衛の数も少ないですしね」

「……迷惑を掛けてごめんなさい」

パウラが謝ると、乳母《うば》はにっこり笑って言う。

「パウラ様が私のことを思い出して、頼って来て下さり嬉しいですよ。最近の貴族は恋愛結婚も多いですしね」

母親代わりだった乳母《うば》に頭ごなしに怒られることなく、パウラは顔を綻ばせる。

「旦那様も、パウラ様の嫌がるお相手とご婚約の話を進められるとは思いませんでしたわ。パウラ様のお相手ならば、完璧なお相手でないとなりませんのに」

けれども乳母《うば》のパウラ節は相変わらずで、懐かしく感じたパウラは、ふふと小さく笑ってしまう。

「ところで、パウラ様が嫌がるお相手とはどなたなのですか？」

「……第一王子殿下、です……」

パウラが正直に答えると、乳母《うば》は椅子からひっくり返り、ジェフもぎょっとしたような顔でパウラを見た。

「こ、これ以上ない良縁《りょうえん》ではございませんか！　どうかパウラ様、お考えを改め下さい!!」

「い、嫌です……！」

百八十度意見を変えた乳母《うば》と、譲らないパウラの攻防は続く。

そして、そんなパウラに助け船を出したのは、ジェフだった。

「ほら母さん、もうこんな時間だ。パウラ様にお出しする料理の食材、自分が目利きするってさっき料理人に言ってたじゃないか。行かないでいいの？」

この別荘は、普段家族で利用する時は公爵家の料理長を連れて行く。

今回は乳母《うば》が作ってくれる食事を楽しめるのかと思っていたが、どうやらこの別荘全体の管理人が請け負っている、身元のしっかりとした料理人を派遣するサービスを利用するらしかった。

「まぁ大変！　もうこんな時間になっていたのね。急いで見に行かなきゃ、配達の時間に間に合わなくなってしまうわ。申し訳ございません、パウラ様。私は少し失礼致しますね」

「はい、気を付けて」

後ろ髪を引かれる思いといった様子の乳母《うば》が去り、ジェフは乳母《うば》とその料理人が少し好い仲になっているんだ、とこっそり教えてくれた。

料理人は平民であり、乳母《うば》の平民嫌いもその人のお陰でだいぶ収まったらしい。

ジェフは「さて」とテーブルの上に地図を広げながらパウラに尋ねる。

「パウラ様が母に案内して欲しいと言っていた場所は、どこですか？」

「ええと……」

パウラは転生前の記憶を呼び起こしながら、ジェフが広げた地図をじっと見つめた。

パウラの住むロマリレン王国は、現在隣国ジェイホグと多少の小競り合いがある以外は、大きな衝突やトラブルのない、比較的平和な時代に突入している。

ただ、それとは別に、ロマリレン王国だけでなく、世界中の国で大きな問題として取り上げられているのが闇化していく土壌問題と、その土地に棲み着いたり根付いたりする、魔性の動植物達である。

今の時代はそれらを聖属性の力で抑え込み浄化しているのだが、その力を持った人間は世界的に見ても少ない。全世界、九十六ある国の中で、そうした稀有《けう》なる力を秘める人間を保有している国はおよそ七十。ひとつの国に一人いない計算となり、そのことから、ヒロインが如何に特別で貴重な存在であるかわかるだろう。

そしてそんなヒロインは、魔塔に所属し開花した能力を更に高め、闇化が進む土壌を浄化していくうちに、闇化の源である魔王と深くかかわるようになるのだ。

風変わりなものや愉快なことが好きな魔王は、自分が闇化した土壌を浄化するヒロインに苛立ちながらも興味を持ち、直ぐには殺さず、魔塔に潜入して様子を見るという選択をする。

当然、魔王攻略の難易度は一番高く難しいのだが、魔塔に潜り込んだ魔王とヒロインが交流することで好感度があがるようになっている。

ヒロインが魔王ルートを辿ると、遥か昔、パウラ達人間と魔性の者達は上手く折り合いをつけて共存し、共にこの世界を構築してきたことが明らかになる。それがいつからか、魔性の者達は悪で人間が善という宗教的な教えが人間の間に広まってしまい、魔性の者達は滅ぼされるべきという極論に至ったという歴史的事実を知ることになるのだ。魔性の者達もまた一方で人間から差別をされ続けた側であるという真実が明らかにされた時は、胸が痛くなったものだ。

その事実を知るまで、ヒロインは自分の故郷を闇化しようとした魔王を絶対悪だと信じて疑わないというストーリーも、今思うと心苦しい。

「ここです。この、テーレボーデン地区に行きたいのです」

「珍しいところですね。なんの名物もなく、目ぼしい観光地などもない長閑《のどか》な田舎ですが、本当にこちらでよろしいのでしょうか？」

「はい。……乳母《うば》は忙しいみたいだけれど、無理かしら？」

パウラがおずおずとジェフに尋ねると、ジェフはにっこりと笑って胸を叩いた。

「私にお任せ下さい、パウラ様。明日にでも早速ご案内致します」

「ありがとうございます、助かります」

再会してからのジェフの反応を見る限り、乳母《うば》ではなくジェフを連れて行ったとしても、パウラにとって有利な証言をしてくれるだろうとパウラは期待する。

テーレボーデン地区。

そこは、バラーダ伯爵の治める、今のところ長閑《のどか》な田舎町だ。けれど、もう直ぐ魔王がこの地帯を闇化させ、長閑《のどか》な田舎町は一変して恐怖と混乱に陥ることとなる。

そして、その地に住んでいるヒロインはこのピンチをきっかけに自分の能力を目覚めさせ、この地帯の浄化に成功するのだ。

その後、浄化の報告を受けたオレゲールに連れられ、やがて魔塔の門をくぐることになる……という、ヒロインの能力の開花に、魔王やオレゲールとの出会いというイベント盛り沢山の、所謂ヒロインにとっての「始まりの場所」でもある。

（万が一魔王と遭遇したとしても、悪役令嬢であるパウラはまだ殺されない、はず……）

テーレボーデン地区に行くのは、パウラにとって賭けのような行動だった。自分の想像通りに全てが上手くいくとは限らないのだ。

しかし、パウラにとって、この行動は自分が生き延びるために欠かせないことで、その後の人生にもかかわる、とても大事な行動であった。

「ではジェフ、また後で」

「はい、パウラ様。気を付けて行ってらっしゃいませ」

今日もまた、パウラはテーレボーデン地区を訪れていた。

パウラは目的地に到着すると直ぐにジェフとは別れ、公爵家から付いてきた二名の護衛騎士だけ連れて歩く。

(ジェフが攻略対象者である限り、この場所では死なないとは思うけど……危険なことには変わりないし)

パウラはここ数日、ヒロインにはバレないよう、彼女の家を見張っていた。

(それにしても、流石ヒロイン。こんな田舎では可愛すぎて目立つから、捜すのに苦労しなくてすんだわ……)

魔王ルートは難易度が高いのだが、それには理由がある。

「始まりの場所」であるこの地区の闇化では、ヒロインの活躍により死傷者は出ない。

しかし、それは表面上のもので、闇化が直接の原因となった訳ではないものの、本当は死者が一人出てしまうのだ。その人物こそがヒロインの弟である。

間接的にとはいえ、弟を死に追いやった魔王。その存在に向き合っていくことはともかく、恋愛感情を抱くことにヒロインは酷い罪悪感を抱くようになる。彼女が自分の気持ちを受け入れるまでの道のりが、魔王ルートにおける最大の難所だった。

(ともかく、私の目的はふたつ。上手くいけば、世界平和に繋がるはずだし)

本来であればこの地にいるはずもないパウラの目的はふたつ。

ひとつは、闇化する土壌の瘴気《しょうき》を浴びることだ。瘴気《しょうき》を浴びた人間は死ぬことはないがその他明らかになっていないことも多いため、第一王子の婚約者候補から退くことはできるだろう。

そしてもうひとつは、ヒロインの弟の命を救うことである。彼を助けられれば、魔王ルートの攻略難易度は格段に下がるだろうし、それはパウラが破滅を免れ生き残った場合の世界平和のためにも有益なことであるはずだった。

パウラに付き従う護衛騎士達は、パウラに何を尋ねることもなくただ傍に控えていて、こんな小さな子供に振り回されているにもかかわらず文句のひとつも言わない。初日に「どちらへ行かれるのですか？」と聞かれ、パウラが言葉を濁して以来、彼等は空気を読んだのか何も聞かずに付き従ってくれているのだ。

パウラにとって二人のそんな態度は、ただただ有り難かった。

そして、恐らくパウラがヒロインの家の誰かを気にしていることにはもうとっくに気付いていて、定位置につくとパウラが疲れないよう、折り畳み椅子や日傘を差してくれていた。

（あら、今日は一人じゃないわ。……あれが弟さんかしら？）

「行ってきまーす」と普段通りの元気な声が聞こえた後、扉から出て来たのは大きな籠を持ったヒロインだった。そこまではいつも通りだったが、今日は、ヒロインの腰までしか身長のない小さな男の子がその後ろをとことこと付いてきている。恐らく、ヒロインの弟だ。

（もしかして、今日かもしれない）

パウラが緊張に身を固くしながらヒロインの後を付けようとすると、護衛騎士の一人が「パウラ様」と言って前の通りを指さした。

（……あら？）

パウラが彼と共に思わず身を隠すと、砂でならされた通りに砂埃《すなぼこり》が舞った。馬が駆けていったのだ。

パウラ達の目の前を通り過ぎ、ヒロインの家の前で止まった一行。その中心にいるのは、一人の少年だった。色素の薄い水色の短い髪に、濃い青色の瞳をしたその少年を目にした瞬間、パウラの胸がどくんと一際大きな音を立てる。

（もしかして……オレゲール、様……？）

全ての攻略対象者の幼少期の姿絵は公開されていないが、パウラにはその少年がオレゲールだと直ぐにわかった。

目の下の隈も、疲れた様子もまだ見受けられない、ヒロインと同じく容姿が突出して優れていることを除けば年相応の、落ち着いた印象の少年である。

（オレゲール様が、何故ヒロインの家に？）

うるさく鳴り響く心臓の音を聞きながら、パウラはことの成り行きを見守る。

オレゲールはヒロインの家の扉をドンドンと叩きながら叫んだ。

「誰かいるか？　闇化の兆候がこの辺り一帯で見受けられる！　今直ぐ第三避難《ひなん》所へ向かうように！」

慌ててヒロインの家の扉が開き、開いた扉で丁度見えなかったが、中から出て来た誰かとオレゲールが話しているのがわかった。

「……わかった、とにかく子供達は私が捜そう。今直ぐ貴方方は避難《ひなん》するように」

オレゲールはそう告げると、周りを固めている大人達に何かを指示する。

(なるほど……ここテーレボーデン地区で死傷者が出なかったというのは、ヒロインの活躍だけでなくて、オレゲール様が直ぐに予兆に気付いて避難《ひなん》を始めていたからなのね)

子供達が無事に帰宅するまで避難《ひなん》しないと言うヒロインの両親に対し、オレゲールやその周りの大人達が説得している隙に、パウラはその場をそっと後にする。

(少年時代の、オレゲール様を見てしまった……！)

心臓はまだバクバクと高鳴っているし、目にはその姿が焼き付いていたが、それを振り切るようにパウラは頭を振った。

「パウラ様、相方が向かったのはこちらです」

「ありがとう」

(ヒロイン達を見失っては大変……早く付いて行かなくては……)

優秀な護衛騎士達は、パウラが指示していないにもかかわらず二手に分かれていた。ヒロイン達の後を追った護衛騎士の付けた目印を辿り、もう一人の護衛騎士がパウラを誘導してくれる。

そして辿り着いたのは濃霧《のうむ》が発生した森で、それは辛気臭く、そして暗かった。

「パウラ様、もう戻りましょう。あの少……貴族の方が言っていたように、本当にこの地で闇化が起こるのでしょう。この濃霧《のうむ》は普通のものではありません」

「あの二人を助けたら戻りましょう。闇化するかもしれないと知らないのだから、誰かが伝えないと。それに貴方の相方を置いては帰れないわ」

護衛騎士の進言に胸を痛めながらも反論し、振り切って先へ進む。

しかし、確かに無理は禁物だった。ヒロインの弟を助けるためだからといって、別荘までついて来てくれた護衛騎士達を死なせる訳にはいかない。手遅れになる前に追いつければいいのだが。

「パウラ様、あちらにおりますね。やっと追いついたようです」

そうして辿り着いた先。

「姉ちゃんはここで待ってて！　母ちゃん達を呼んでくるから！」

「待って！　駄目、危ないから戻って！」

足を挫《くじ》いたらしいヒロインを置いて、ヒロインの弟が濃い霧の中へ走り去って行く。

「あの先は崖なの。お願い、あの男の子を助けてあげて！」

パウラがそうお願いすると、護衛騎士達は逡巡《しゅんじゅん》したものの、直ぐに一人が追い掛けていった。子どもの足ならば、崖まではまだ距離がある。なんとか間に合うに違いない。パウラは祈りながら、もう一人の護衛騎士と草むらに潜んで帰りを待つことにした。

「待って！　お願い、そっちに行っちゃ駄目！　戻って来て……！」

泣き叫ぶヒロインの悲痛な声が聞こえてきて、胸が締め付けられる。けれども、まだヒロインの前に姿を現す訳にはいかない。

ヒロインの能力の開花と、それを見る魔王の図が完成する前に干渉してはいけないのだ。

ぐっと堪えていると、やがて白かった霧が変色し、黒い色へと変化していく。

（これが瘴気《しょうき》ね……いよいよ魔王の出番……？　多分、近くにいるのに……どこかしら？）

弟を助けようとしたのが問題だったのか。ストーリーに干渉するのは間違いだったのだろうか。

ヒロインの能力の開花も魔王の姿もどちらも見えず、パウラが焦燥感に襲われた時だった。

「うっ……」

隣にいた護衛騎士が倒れた音がし、パウラは慌ててそちらを見る。

「あっ……」

座り込んだパウラの目の前に、黒い濃霧《のうむ》をその身に纏わせた魔王が、仁王立ちしていた。

「なんだお前達……こんなところで何している？　死にたいのか？」

（目を合わせただけで、心が凍ってしまいそう……）

パウラは極力ゆっくりとした動きで、首を振った。

ヒロインに興味を持つまで、魔王は人間全てを憎んでいた。当然パウラのことなど虫けら程度にしか考えておらず、魔塔に入る能力すら持ち合わせていないパウラをどうにかするなんて簡単なことだろう。

けれどもパウラは、魔王は理由もなく人間を殺さないはずだと考えていた。

魔王という立ち位置であっても乙女ゲームの攻略対象者なのだから、行動原理はわかりやすく、尚且つプレイヤーに配慮《はいりょ》されたものであるはずだ。無益な殺生《せっしょう》をするキャラなんて、プレイヤーの好感度が下がる一方に違いない。現に一応、闇化を広げようとする魔王の行動には、プレイヤーも納得できるような理由付けがされている。

そしてやはり、魔王はパウラを威嚇《いかく》し、警戒しつつも傷つけるような動きは見せなかった。目の前に倒れている護衛騎士も気を失っているだけのようで安堵《あんど》する。

(ヒロインより先に、私を見つけてしまうなんて……)

予定外の出来事であったが、魔王の警戒を解くためにパウラは歯を食いしばりながらフードを取り外して顔を晒す。

「女……？」

魔王が訝し気な表情を浮かべながら首を傾げた時、パウラは魔王を刺激しない速度でゆっくりと片手を持ち上げ、ヒロインを指さした。

「な……っ⁉」

パウラの示した方向を、最初はつまらなそうな目で見た魔王だったが、その先のヒロインと、ヒロインの周りの空気から浄化が始まっていくのを目撃して、目を見張る。

(良かった……ぎりぎり間に合ったわ……)

食い入るようにヒロインを見つめる魔王の瞳に浮かぶのは明らかに好奇心である。そのことを確認したパウラは、ホッと息を吐いた。

重苦しかった周りの空気が、清浄なものへじわじわと変えられていく。

ひとときヒロインに目を奪われていた魔王だったが、再びパウラに視線を戻した。

「……で？　お前は何者だ？」

「私は……ただの通りすがりです」

は、と鼻で嗤《わら》う魔王に、「けれども」と続ける。

「貴方の敵では、ございません」

「へぇ……俺の正体をわかっていて、そう言うのか？」

魔王は爪を長く鋭い物に変化させ、パウラの首筋に当てた。パウラの背中に冷や汗が流れる。失敗したのかもしれないと思いつつ、もう後には引けないパウラは頷く。

「はい。信じられないのであれば……今後、見張りを私に付けて頂いても構いません」

「俺としては、このまま殺した方が楽なんだがな？」

パウラは必死に、勝手に震えそうになる身体を両手で押さえながら言葉を紡ぐ。魔王と対面する予定は流石になかった。

「……それも、一理あるとは思いますが……今後、もしかすると利用価値があるかもしれませんよね？　人間の中で、一人くらいそうした存在がいても、問題ないのではないでしょうか？」

パウラは無力である。魔王も、そんなことにはとっくに気付いているだろう。殺そうと思えばいつでも殺めることができる存在が、見張りまで付けてもいいと言うのだ。見逃してくれと祈る。

「……覚えておけ。余計なことを一言でも漏らせば、その命はない」

「……はい、わかりました」

（なんとか、命は繋げたかしら……？）

パウラがそう思った時、俄《にわ》かに辺りが騒がしくなった。

魔王が舌打ちをして、その場から姿を消したのが気配でわかる。

どっと冷や汗が流れ、パウラの全身がガタガタと震え出した。理性で抑え込んでいた恐怖という本能が暴れ出す。

「オレゲール様！　あちらの子供ではないでしょうか？」

「ああ、こちらにも人が倒れているな、誰か来てくれ」

(……オレゲール、様？)

パウラが振り向くと、オレゲールはヒロインの方を指さしながら何か指示しているところだった。彼女が浄化していることにも気付いたに違いない。気を失ったヒロインの弟とパウラの護衛騎士も周囲の人々が保護してくれているようだ。

その時、オレゲールは人の視線に気付いたのか、ふとパウラのいる方を見た。先ほどは一方的に見るだけだった濃い青色の瞳と、視線が交わった気がした。

「大丈夫ですか？」

まだ若いオレゲールに声を掛けられ、心が震える。口を開こうとしても、先ほどの恐怖からか何も発することはできなかった。

(私のことなんて……)

放っておいていいのに。それより、ヒロインの方がずっと大事なはずなのに。

パウラはそう思いながら、その場で意識を失った。

「パウラ様……！　大丈夫ですか？　私がわかりますか？」

パウラが目を覚ますと、ずっと付きっきりで看てくれたらしい乳母《うば》が目に涙を溜めてそう言った。

「……」

乳母《うば》、とパウラは言ったつもりだった。心配かけてごめんなさいと。

「よかったです、お目覚めになって……！　運悪く、あのタイミングであんな土地に行かれるなんて本当に怖かったですよね……でももう大丈夫です、ここは安全ですから……！」

「……」

（あら？　声が……）

「……パウラ様？」

「……」

あの場にいた者達……特にヒロインの弟やヒロインについて、そして自分を乳母《うば》のいる別荘まで誰が連れて来たのかなど様々なことを聞きたいのに、口は開けど声が出ないとパウラは気付いた。

そして、そんなパウラの様子に、乳母《うば》も直ぐに気付いたらしい。

「……パウラ様、まさかお声が……？」

ハッとした様子でそう聞かれ、パウラは頷く。魔王に遭遇してしまったパウラは想像以上に心身を病んだらしく、目覚めた時、言葉を失っていたのだ。

「ああ、なんということでしょう……！　闇化の瘴気《しょうき》にあてられ、お声を失われるなんて……！」

乳母《うば》が嘆き悲しみ、ジェフが後悔し、護衛騎士が配置換えになったことをパウラは心から申し訳なく思ったが、自分の命には引き換えられなかった。

声が出ないことに多少の不便さを感じつつも、これを利用しない手はない、とパウラはその事実を計算高く前向きに捉える。瘴気《しょうき》を浴びて話せなくなったパウラは、第一王子の婚約者には相応しくないだろうし、話すことができなければ、魔王に殺されることもないだろう。

そして案の定、事件を聞きつけ直ぐにパウラの元へ駆け付けた父親はパウラに会うなり、開口一番こう言った。

「ああ、私が悪かった、パウラ……！　婚約なんてもう破談にするから、どうか早く元気を取り戻しておくれ！」

「……」

久しぶりに会った父親が、声を失ったパウラを抱き締め、涙ながらにそう宣言したのだ。

パウラは良心を痛めつつも、予定通り目的を達成したことに安堵《あんど》して、父親に抱き付きながら何度も頷いた。

しかし、父親にはかなりの心労を掛けたことだろう。

普段は悪戯好きな兄達も、今回のパウラの家出騒動はかなり堪えたらしく、パウラが外出する度にどちらか一人が付いて来るようになった。

パウラの移動と共に、誘拐騒動でも起きたのではないかと思わせるほどの過剰な護衛が付くのである。

（生き延びるためとはいえ多大なご迷惑をお掛けしてしまったし、もう余計な外出は控えよう……）

そして、パウラは周りに迷惑を掛けた反省の意もあり、自らの行動の一切を自粛《じしゅく》するようになった。

直ぐに普通に話せるようにはなったが、極力口を開くこともやめた。

口は災いの元である。魔王の見張りが本当にいるかもしれないし、乙女ゲームの中のパウラはヒロインに対して罵詈雑言《ばりぞうごん》を浴びせていたから、自分さえ口を開かなければこのままバッドエンドを回避できるかもしれない、と考えたのだ。

そして数年が経ち、パウラは口が達者で問題ばかり起こす悪役令嬢ではなく、『沈黙の公爵令嬢』と呼び名が付くほどにその寡黙さで有名な深窓《しんそう》の令嬢となった。

（ああ、またオレゲール様からお手紙を頂いてしまったわ……）

その間、パウラにとって予定外の出来事といえば、パウラがオレゲールの治める領地内で起きた不運に巻き込まれたことを気にしてか、季節の折々にオレゲールから手紙が届くようになったことである。

乙女ゲーム内では本来、パウラとオレゲールの接点は第一王子を介してのみだけであるから、完全にイレギュラーな展開であった。

オレゲールの手紙は、非常に簡潔で丁寧で、そして気遣いに満ちていた。

パウラは瘴気《しょうき》を浴びたことがトラウマになり、声を出したり外出することができなくなったりしたと対外的には考えられていた。そしてそれはあながち間違いではないのだが、瘴気《しょうき》の出現はコントロールできる訳ではないし、パウラはあえて自ら危険だとわかっている場所に行ったのだから、当然オレゲールのせいではない。

何度も手紙の返事に、瘴気《しょうき》は関係ないから気にしないで下さいという旨は書いたのだが、それでもオレゲールからは定期的に手紙が届き、パウラももう当たり障りのない内容の返事をする習慣がついていた。

（そういえば、公爵家とわかるようなものを私や護衛騎士は持っていなかったはずなのに、何故気絶した私達をあの別荘まで送り届けて下さったのだろう？）

オレゲールは真面目で責任感の強い性格である。

そして、魔王をはじめとする他のヒーロー達が常人とは思えない能力を有している中、悩みを抱えたり努力を必要としたり、誰よりも人間味に溢れるキャラクターだった。決して完璧なのではなく、自分の駄目なところと向き合い、折り合いをつけながら日々精進する、そこがより親しみを感じられる点であり、パウラの好きなところであった。

誰とも話さず、外にも出ず、代わり映えのしない日々を送るパウラにとって、オレゲールからの手紙は唯一の楽しみと言っても過言ではなかった。

そんな、世間とは隔離《かくり》された日々を過ごすパウラを置き去りに時だけは過ぎ、やがて、ゲーム開始の日がやって来た。

（……とうとう、ヒロインが魔塔に入る年になったわ……）

ゲームの中のパウラは、特別な能力がないため魔塔に入学することができず、ヒーロー達に囲まれるヒロインを見て、調子に乗っているとハンカチを歯でギリギリする典型的な悪役キャラだ。

しかし、沈黙の公爵令嬢と呼ばれるパウラは決して魔塔に近づかず、偶に知り合いに手紙を送る程度で、家に引き籠ったままひたすら平穏な日常を消化して過ごした。

兄達はストーリー通りに二人揃って魔塔に入った。連休に帰省《きせい》してきた時、偶にヒロインの話題が出ることもあり、その話からヒロインが順調に浄化の能力を高めている様子が窺えた。

ヒロインはどうやらパウラの兄達のルートには進んでいないらしく、話題に軽くのぼるだけで、兄達からもヒロインへの恋愛的な感情は窺えなかった。

ヒロインが魔塔で過ごす間、パウラは我関せずを貫き通すという地味で地道な努力を重ねた。その結果、ヒロインの魔塔生活三年目の終わりにめでたいニュースがひとつ、飛び込んできた。

ゲームの最終イベントである卒業式。そこでヒロインがパートナーに選んだ相手は魔王だったらしい。つまり、ヒロインが選んだヒーローは、魔王だったということだ。

魔王ルートの場合、ヒロインを平民だからという理由で苛めまくったパウラは闇化した土壌に放り出され、腐り果てて死ぬ運命である。しかし、息を潜めるようにしてただじっと生きていただけのパウラに、魔王の魔の手が訪れることは一切なかった。

（……生き残れた、のかしら……？）

ゲーム終了の日、公爵家の礼拝室で祈りを捧げ続けたパウラは、変化のない平和な一日が夕日と共に終わりを告げたことを感じ、静かに一人、涙を流した。


毎日ゲーム終了までの日数を指折り数えるだけだったパウラ。そんな娘の将来を心配した父親、サパテロ公爵が声を掛けたのは、当然のことと言えたかもしれない。

「どうだパウラ、今度お前も舞踏会に行かないか？」

父親にそう問われ、舞踏会、とパウラは心の中で呟く。

このロマリレン王国における舞踏会とは、通常王家主催の催し物であり、王城で開催されるものだ。当然、ヒーロー候補だった者達と接近する機会も増えることだろう。

（もう、悪役令嬢として断罪されることは、ほぼないのだろうけれど……）

どうしよう、とパウラは悩む。

というのも、長年徹底して話さない日常を送ってきたパウラは、人と話すこと自体がとことん苦手になってしまったからである。

そんなパウラを優しく見守りながら、父親は話を続ける。

「そろそろお前も適齢期《てきれいき》だから、これから国を担っていく同年代の若者達と交流する機会を設けるのも悪くないだろう。何、無理して話さないでいいんだよ。今のままのパウラを受け入れてくれる若者が必ずいると、私は思うからね」

要は、舞踏会に顔だけでも出せば、自然と求婚者が現れるだろうと言っているのだ。

公爵令嬢であるパウラに、未だ婚約者がいないことを父親は気にしていた。ただし、過去の出来事からか、あれ以来勝手に婚約者を決めることはなかった。

「パウラは内気過ぎるところがあるからな、ただ社交の経験を積むだけでもいいだろう。兄達も列席するから、安心して行っておいで」

パウラは、とにかくゲームの期間が終わるまでは行事へ一切参加せずにいた。父親がパウラを溺愛していることに甘えて、今まで散々心配と苦労と迷惑を掛けてきた。

パウラとしてはもう父親から政略結婚を言い渡されたとしても大丈夫なのだが、パウラの意思や自然な出会いを尊重しようとする父親の気持ちを汲んで、初めて舞踏会へ参加することを決意した。

パウラが頷いて了承すると、父親はその反応に顔を綻ばせる。

「おお！　参加してくれるか、パウラ！　お前は公爵家の娘なのだから、話せなくても堂々としていればいい。陛下や殿下も事情はご存知だから、気負うこともない。なぁに、お前ほど美しい令嬢は他にいないのだから、一度参加すれば嫌でも縁談が舞い込んでくるさ」

満面の笑みを浮かべて喜ぶ父親に、パウラは不安を抱きつつも態度にでないよう通常通りに振る舞った。


「久しぶりだな、パウラ嬢」

（第一王子殿下……）

第一王子から声を掛けられ、壁の花だったパウラはスッと流れるような完璧な作法《さほう》でお辞儀をする。

「第一王子殿下、卒業式以来ですね」

パウラが口を開く前に兄達が第一王子と談笑を始めたので、パウラはホッと息を吐いた。

舞踏会に到着してからずっと、パウラには好奇心に満ちた周りの者達の視線が突き刺さっていて気の休まる暇がない。

社交界に顔を出すことのないパウラは話題性十分であり、格好の餌食《えじき》としてその一挙一動全てを観察されていた。それなのに、直接何かを言われたり声を掛けられたりということはなく、あくまで遠巻きに不躾な視線を送られるだけなので、大層居心地が悪い。

兄達と親しい人間に囲まれ、そして何人かからは話し掛けられたが、やはり長く沈黙を守ってきたパウラは、急に話を振られても咄嗟《とっさ》に口を開くことができない。

頷くか首を振るばかりで兄達が全てフォローしていた。

(私がいると、お兄様達が自由に歓談できそうにないわね……)

ヒロインとは結ばれなかったものの、兄達は攻略対象者だ。容姿も性格も素晴らしい彼等に秋波《しゅうは》を送ろうとする令嬢達は少なくはなく、パウラは離席する旨を伝えて休憩室に引っ込んだ。

殆《ほとん》ど経験のない人混みの熱気にあてられたパウラは、休憩室のバルコニーで風にあたる。すると、中庭で談笑している集団の賑やかな話し声が聞こえてきた。

「……驚きましたね、想像以上に美しい……で、……」

「いやぁ、いくら美……ても、まるで人形を相手にしている……だ。なんの面白味もありゃしない」

「……が、有名な呪われ令嬢ですか、……に一言もしゃべりませんでしたわね」

パウラは、所々聞こえてきた言葉で、自分のことを話しているのだと直感する。

このままここにいては、自分にとっても相手にとっても愉快なことにはならないだろう。直ぐに離れようとしたが、何故だか足が動かなかった。

（呪われ令嬢……？）

「やはり、闇化した土壌の瘴気《しょうき》の呪いは、本当に恐ろしいですわね」

なるほど、瘴気《しょうき》にあてられ声を出せなくなったことを、呪われたと解釈する者達もいたらしい。

今までパウラが社交場にいかなかったから、その解釈がパウラの耳に入ることはなかっただけで。

兄達にも気を遣わせたのだろうなと思っていると、集団の一人がその話をした令嬢に注意を促す。

「ああ、その話をする時は注意した方がいいですよ」

「そうですわ。その言葉を口にして、社交界にいられなくなった令嬢が何人かいらっしゃるのをご存知ないの？」

「何故です？　皆様もご覧になったでしょう、本当のことではございませんか」

若い男女が一人の令嬢を嗜《たしな》めたが、彼女はクスクスと笑って取り合わない。

（お父様やお兄様が、庇って下さったのかしら……？）

ぼんやりとそう思いながらパウラは今度こそ踵を返そうとした。その時、その集団に「やあ」と声を掛ける男性がいた。

「今のお話、私も交ぜて頂いてよろしいですか？」

「まぁ、オレゲール様」

（オレゲール様？）

パウラはつい足を止め、自分が話題にされていることなど忘れて、ずっと手紙を送り続けてくれた人の顔を見たくなってしまった。

（以前お会いした時に耳にした声よりも……ずっと低くて……心地好い声……）

パウラははしたないと理解しつつも身を屈め、石柱の間からそっと声のする方を覗き込む。

（ああ、私が転生前《むかし》よく画面越しに見た……オレゲール様、そのものだわ）

テーレボーデン地区で会った時のオレゲールはまだ少年だったが、背がすらりと高くなっていて、顔つきも精悍になっていた。短かった色素の薄い水色の髪は長く、ひとつに括られ胸元まで流れている。以前と変わらない濃い青色の瞳は目の下の隈と相まって、鋭さだけが増していた。

「ふふ、やはり第一王子殿下の最側近……宰相《さいしょう》として、呪われ令嬢のことは把握しておくように言われていらっしゃいますの？」

「お、おい……！」

「すみません、オレゲール様。私はそろそろ失礼致しますわ」

この国の重鎮《じゅうちん》であるオレゲールに声を掛けられた令嬢は、ご機嫌な様子で言葉を返したが、それとは対照的にバタバタと何人かがそこから逃げるように去って行く。

気を利かせたと思ったのか、その令嬢は扇を開いて口元を隠すとにっこり微笑んだ。

「そうですね。公爵令嬢のことは、第一王子殿下も陛下も、そして私も気に掛けておりますので」

「まぁ……そうでしたのね。あれだけ美しい方ですものね、呪われてさえいなければ求婚される男性も後を絶たないでしょうに……残念ですわ」

「それで、『呪われ』というのはどういう意味でしょうか？」

オレゲールは手にしたグラスをひとつ、令嬢に渡す。

令嬢は笑顔でワインを呷《あお》ってから、軽快に語り出した。

「ありがとうございます。あら、有名なお話ですわ。公爵令嬢は昔、瘴気《しょうき》にあてられて話すことができなくなってしまったらしいのです。そして、そんな自分に耐えられずに内に籠ってしまわれたのですわ。そんな状況から逃れる方法は、他の令嬢に自分の呪いを一時的にうつすことだとか。呪いをうつした直後は、話せなくても今日のように一時的に正気を取り戻すのだとか……本当に恐ろしくて、とても近寄ることができませんわ」

(ああ……オレゲール様のお耳に、私の醜い噂が入ってしまった……)

じわ、とパウラの瞳に涙が浮かびそうになった時だった。

「令嬢」

「はい。……オレゲール様？　どうかなさいまし……きゃあ！」

オレゲールは、その令嬢の扇を手で叩いて弾き飛ばし、その口元をぐっと片手で掴む。

(オレゲール様⁉)

パウラは目にしたものが信じられず、驚きに目を見張った。

オレゲールは笑顔のまま、低い声で令嬢の耳元で何かを言ったようだ。

どんなにパウラが耳を澄ましても、何を言っているのかはわからない。令嬢はガタガタと震えながら、押さえられた口元を懸命に動かして答えていた。

「そ、その……い、一年前……、……男爵令嬢……、……」

「……ですか。……なければ、……」

「し、失礼致します……！」

オレゲールは漸《ようや》くその手を乱暴に離し、令嬢は扇を拾うのも忘れ、慌ててその場を去ろうとする。

その背中に向けて、オレゲールは最後の質問を投げかけた。

「ああ、そうそう。ところで令嬢は、潰しても潰しても湧く虫をどのように処分致しますか？」

「っ！」

令嬢が転びそうになりながらもその場を去り、一人残されたオレゲールは前髪を掻き上げ溜息をついた。そして扇を拾うことなく、颯爽とその場から去って行く。

（……なるほど、だから皆様あれだけ興味津々な視線を投げつけてきたのに、直接声を掛けてくる方は殆《ほとん》どいらっしゃらなかったのですね……）

沈黙の令嬢と呼ばれていることは知っていたが、呪われ令嬢と呼ばれていることは知らなかった。とんだ誤解であるが、社交界に顔を出さない公爵令嬢なのだから、誰かが面白おかしくそんな噂を流したとしても、なんら不思議ではない。

（ああやって、私の噂が流布《るふ》されそうになる度、オレゲール様が止めて下さっていたのかしら……）

オレゲールから貰う手紙には、そんなことは一切書かれていなかった。自分の領地で起きた事件に心を痛めて頭を悩ませ、そして責任を感じているのだろう。

ゲーム画面で見ていたオレゲールは、いつも疲れているか、好感度があがってやっと微笑んでくれるかで、正直、怒ったところは見たことがなかった。

（……生きているのですね。オレゲール様も、私も、この世界も……）

生き残った、という気持ちを改めて実感した。

これから先は、パウラの知らない物語が紡がれていくのだ。

（オレゲール様を安心させるためにも……もう、沈黙の令嬢のままではいけないわ）

心に決めたその日から数日後。

パウラは父親の書斎《しょさい》に呼ばれ、宰相《さいしょう》オレゲールからの求婚の話を告げられた。

二、悪役令嬢の結婚

パウラは俄《にわ》かに信じ難く、美しいルビーのような瞳をぱちぱちと瞬かせた。

(オレゲール様が……？)

「ああ、そうだ。お前に異存がないなら、話を受けたいと思うのだが、どうだろうか？　爵位は落ちるが、この国を担っていく重鎮《じゅうちん》の家門であることには間違いないし、相手の人格も真面目で浮気の心配もない。パウラをずっと気にして手紙を送ってくれていただろう？　政略結婚ではあるが、お前にとって悪い話ではないと思う」

サパテロ公爵は今回の話をかなりの良縁《りょうえん》と感じているらしく、平静を装いつつも畳み掛けるように今回の婚姻について勧めてくる。

「……」

パウラは当然頷き、その場で快諾した。

(私がオレゲール様と夫婦に……？　本当に、私なんかがオレゲール様と結ばれていいの……？)

パウラはオレゲールとの結婚を心から喜んでおり、望んでいた。

自分の願望が見せる夢なのではないかと、その日からオレゲールとの顔合わせの日までずっと、そわそわとした落ち着きのない気持ちで過ごしたのだ。

しかし父からオレゲールとの縁談を聞いた時、いつも言葉を呑み込んできたパウラはなんの反応も返すことができず、驚きのあまり無表情のままこくりと頷くことしかしなかった。

そのため、浮足立つようなパウラの心情に気付く者は、ほぼ皆無だったのだ。

そしてそれは、結婚が決まってから何度かデートという名の、家でお茶を飲むだけの単なる顔合わせを重ねたオレゲールも一緒だった。


「今回は温室でお茶のご用意をさせて頂いております。こちらへどうぞ」

「ありがとうございます、失礼致します」

侍女の説明を受けて、オレゲールはパウラをエスコートする。

パウラはオレゲールを前にすると、緊張のあまり声を発するどころか、まともに視線を合わせることもできなかった。しかも、それらの感情が一切顔に出ないものだから、人によっては歓迎されていないどころか、嫌われていると捉えられてもおかしくない。

パウラはどうにか楽しんでいることを伝えようと試みたが、上手くいかないでいた。

「見事な温室ですね。パウラ嬢がこの温室の手入れをされていると聞いたのですが」

そう聞かれても、パウラは頷くことしかできないでいる。

(わ、私の温室に、オレゲール様が足を踏み入れる日が来るなんて……！)

初回の顔合わせは、オレゲールの謝罪から始まった。

過去に自分の領地内で起きた闇化現象にパウラを巻き込んでしまって申し訳ないという話だった

が、パウラはそれを聞いて少し悲しくなりながら、気にしないでいいと首を横に振る。

（もし、あの場所にいたのが他の令嬢だったら……やはり、その方に求婚されていたのかしら……？）

パウラは自分がオレゲールの妻になる未来なんて、考えたこともなかった。生き残ることと、ゲーム期間終了後も平和な世界を保てるよう誘導することだけで精一杯だったからだ。

それでも、いざその夢に手が届きそうな状況になってしまえば、欲というものは増すばかりで。

「ただ、このことはパウラ嬢に求婚したきっかけにすぎません」

パウラの心を読んだかのようなタイミングでそう言われ、ついパウラは顔を上げる。オレゲールの濃い青《サファイア》の瞳はパウラをじっと真っ直ぐに見つめていて、見られていることを意識したパウラは急激に耳が熱を帯びたように感じた。

「仕事柄、パウラ嬢のような方が私の妻として一番相応しく、そして有り難いのです」

（どういうことかしら……？　きちんと理由を聞くことができたらいいのに）

けれども、オレゲールが責任感だけでパウラを望んでいる訳ではないと説明してくれて、少し心が軽くなる。少なくとも誰でもいい訳ではない、とオレゲールは言ってくれているのだ。

「私は仕事で殆《ほとん》ど屋敷にいられないかもしれません。寂しい思いをさせるかもしれません。けれども、できる限り貴女の意思や意見を尊重し、可能な範囲で大切にするとお約束致します」

それは、嘘偽りのないオレゲールの本心だとパウラは感じた。

オレゲールは、こういうキャラだった。周りをチートキャラに囲まれているからか、自分が凡人であると自覚した上で、努力によりその穴を埋めようとする。

完璧でないとわかっているからこそ、誰よりも勤勉であり続ける。

パウラの気持ちはともかくとして、二人は熱い恋慕《れんぼ》の末に結ばれる訳ではなく、いわゆる政略結婚だ。結婚をすれば、生活を共にすれば、お互い理想と違うところが見えてくるはずだ。

それでも、オレゲールは夫婦の距離が離れないよう、協力する姿勢を貫いてくれる人であり、たった今、それを宣言してくれた。

（ああ……やっぱり私は、この方が……オレゲール様が、いい……）

ゲーム画面越しではない、血の通ったオレゲール。

他の人より、器用ではないかもしれない。要領がいい訳でもない。

でも、真摯《しんし》に受け止めて、きちんと対処してくれる人だから。

それは、国だけでなく、妻に対しても真剣に考えてくれる人だから。

パウラはオレゲールの決意に心を震わせながら、自らもその心にしっかり応えていこうと決意し、気を引き締めたままこくりと頷いた。

それは残念ながら、傍目から見れば非常に固まった表情で……この結婚を歓迎している人間の表情とはほど遠いものに見えた。

その後、二人は滞りなく婚約に至り、最後まで父親は渋ったものの、パウラの希望で結婚式を挙げないことに決めた。

隣国ジェイホグとの関係が悪化してオレゲールの仕事が多忙を極め、外交交渉のため不在にしているオレゲールの両親――バラーダ伯爵夫妻の帰国も難しくなったからだ。

そんな中で結婚式を挙げるとなると、オレゲールが不眠不休になりかねない。

結婚式に憧れがないといえば嘘になるが、無理して挙げようとした結果、入籍が延期になることも、オレゲールに負担を強《し》いることも嫌だった。

「わかりました。ひとまず結婚式につきましては未定で、入籍だけするということでよろしいでしょうか？」

オレゲールの言葉を受けて、パウラは少し不思議に思いながらも頷いた。

普通、貴族同士の結婚において、花嫁の希望なんてあってないようなものである。

話し合うのは両家の親と新郎で、日程も招待客も、下手をすればドレスすら勝手に決められていることもしばしばあるらしい。

しかしオレゲールは、二人のことは全てパウラの承認をとるように徹底してくれていた。

「パウラ嬢は、いつ頃入籍したいという希望はございますか？」

オレゲールに尋ねられ、今直ぐでもいいです、と思いながらもパウラは首を横に振る。

「お祝いごとの日程を纏めるのもどうかと思いますが、入籍前後には国王陛下への謁見《えっけん》が必要となってきます。秋に、私の爵位譲渡式があるのですが、それ自体は午前中で終わるので、その後に入籍するのは如何でしょうか？」

ロマリレン王国において、爵位の継承は生前譲渡が可能であり、いつ誰に爵位を譲るか、基本的な条件さえ整えば当主の采配《さいはい》で自由である。

バラーダ伯爵は、宰相《さいしょう》時に培った人脈を駆使し、外交交渉で活躍している。それ故、この国を不在にすることが多く、内政も子息であるオレゲールに任せっきりだったため、オレゲールの結婚を機に爵位を譲渡することにしたらしい。

譲渡式では国王陛下から承認書が渡されるので、その日であれば確実に国王陛下が城にいらっしゃり、謁見《えっけん》許可もおりやすい。入籍して直ぐに挨拶に伺えるのだ。

パウラがそれに了承するかたちで爵位の譲渡式の日を入籍日と決めたのだが……オレゲールが忙しい中で時間を割いてパウラに会い、尋ねてきたことは、入籍日を延期するかどうかだった。

「申し訳ございません。本当に仕事が立て込んでおりまして、予定通りに入籍したとしても、私自身が帰宅できるかどうかわからないのです。……結婚前からこんな話をすれば不安に感じられるかもしれませんが、パウラ嬢の考えを知りたいのです。慣れない屋敷に一人でいらっしゃるのは心細く寂しいかと思いますので、入籍日をずらすのは如何でしょうか？」

パウラは首を横に振る。一度延期してしまえば、いつ入籍できるのだろうとまた指折り数える日が続くのだ。しかも、魔塔の三年間とは違い、今回は期限が存在しないのである。

「そうですか……では、パウラ嬢は延期しない方がよろしいのですね？」

パウラは頷く。

「わかりました。では、予定通りに入籍致しましょう。当日は、午前中に爵位の譲渡式、午後に入籍、その後国王陛下と王子殿下達への挨拶をすませ、私はそのまま仕事に向かうことになるので、パウラ嬢一人でバラーダ家の屋敷に帰ることとなりますが……大丈夫ですか？」

新婚早々、新婦を一人にさせてしまうことに抵抗があるのだろう。オレゲールは申し訳なさそうに確認する。その質問に、パウラは再び、はっきりと頷いたのだった。

——入籍日、当日。

オレゲールが山積みの仕事をなんとか終えて、自宅であるバラーダ伯爵家に辿り着いたのは夜更けになってからだった。

爵位の譲渡式や入籍手続き、そして謁見《えっけん》は滞りなく終わったが、慣れない行事と終わらない仕事で心身共にくたくただった。人前に出ることが苦手なパウラは、今の自分以上に疲れているのではないかと、仕事中もずっと気に掛かっていた。

「パウラ嬢《じょ》……パウラはどうしている？」

しんと静まり返った屋敷の中で、唯一主人の帰宅を待っていた執事《しつじ》のレイブンに尋ねる。オレゲールの鞄や上着を預かりながら、レイブンは「ご夫婦の寝室でお待ちです」と答えた。

「そうか。……やはり、かなり遅くなってしまったな。今日パウラについたメイド達は……」

明日の朝の仕事配分を考慮するように、とオレゲールが告げようとすると、レイブンはにっこりと顔の皺を深めて笑う。

「日を跨ぐより随分前に、奥様がメイド達を下げて下さったそうです」

「……そうか」

それならば、流石にもうパウラは寝ているだろう。オレゲールは少し安堵《あんど》し、パウラがバラーダ伯爵家に到着してからの様子を聞いた後、夫婦の寝室へと足を向けた。

寝室へ入室すると、バルコニーに続く掃き出し窓が開け放たれており、薄いレースのカーテンがそよそよと夜風に晒されて気持ち良さそうに靡《なび》いているのが視界に入った。

不用心だなと思いながらオレゲールが窓を閉めにいくと、その手前にあるテーブルに人がいることに気付き、一瞬驚く。

「……パウラ？」

隅々まで手入れをされた美しい花嫁のパウラは、夫であるオレゲールの訪れを待ち疲れたのだろう。テーブルに突っ伏したまま、飲み物の入ったグラスを手にすうすうと寝息をたてていた。

なるほど、窓を開けてここに座っていれば、自分が帰宅した際に認識できると考えたのか、と申し訳なく思いながら、オレゲールはパウラの手からそっとグラスを取り上げ、その綺麗な寝顔を眺める。

いつも以上に一際美しく整えられた、輝くばかりの美貌《びぼう》。

オレゲールは、パウラが笑ったところを見たことがない。初めのうちは、まるで人形を相手にしているようだと思ったこともあったが、何度かの逢瀬《おうせ》の時、照れたり嬉しかったりすると耳元がほんのり赤く染まることを発見した。

緊張した時は、瞬きが増える。困った時は、少し首が傾く。悲しい時は、足元を見る。

そんなささやかな反応に気付いたオレゲールは、気付けばパウラの仕草や癖を観察することが楽しみになっていた。こんなにパウラを理解できる他人は自分だけだろうと自己満足すら覚える。

無理して声を出さないでいいし、笑わないでもいい。最近では本気でそう思うのだが、また一方で笑わせてあげたい、とも思う。自分は、彼女の夫になったのだから。

「……水？」

初夜《しょや》に散々待たされた花嫁なのだから、怒りに酒を呷《あお》ったのかと思えばグラスの中身は単なる水だった。

普段なんの表情も読み取ることができないパウラの顔《かんばせ》は、寝ているとどことなくあどけなさが見え隠れして、見ているだけで鼓動が速くなっていくのを感じる。

「……」

オレゲールは寝てしまったパウラを横抱きにすると、天蓋《てんがい》付きの夫婦のベッドまで運んで、そっとその中心に横たえた。

その際、パウラが羽織っているガウンの下から、薄く透けたレースのような白い下着がちらりと見えてしまい、疲れているにもかかわらず股間《こかん》に熱が集中する。これは、自分のために用意されたものなのだと思うと、何かが込み上げてくるようだった。

流石に寝てしまった花嫁に手を出すことはできず、勃《た》ちあがってしまった欲望を鎮め仕事の疲れを癒すために、オレゲールは慌ててパウラから離れた。

寝室に備えられている酒棚へ移動し、そこからアルコール度数の強いお気に入りのウイスキーを取り出してコップに注ぎ、一気に呷《あお》る。

しかし気付けば、今までの生活には存在しなかった女性……パウラに視線が向かってしまう。

天蓋《てんがい》カーテンで仕切られた向こう側に、今日から妻としてあの美しい女性が毎日いるのかと思うと、何故だかこそばゆく感じた。

文通レベルしか交流のない二人の結婚は、完全な政略結婚といえるだろう。

しかしオレゲールにとってパウラは、幼少期に初めてテーレボーデン地区で出会って以来、ずっと気になる存在だった。

パウラは公爵令嬢であるが、母親である公爵夫人を随分前に亡くしていた。そのため他の令嬢のように母親に連れられてお茶会に参加することもなく、貴族の子供達の輪にはいない存在だった。

公爵令嬢という身分から彼女に興味を持つ者は沢山いたのだろうが、実際に彼女と知り合う機会は全くなかったのだ。

父親のサパテロ公爵や彼女の兄達の口から語られる情報は、神秘的な深い紫色の長い髪に見事な輝きを放つ赤い瞳を持つということのみ。

本当に存在するのかしないのかもわからない、まるで妖精《ようせい》のような令嬢であった。

その妖精《ようせい》が家出を決行し、自領に来たと聞いた時はかなり驚いた。

懇意《こんい》にしていたパウラの兄達から、「第一王子殿下との婚約が嫌でそっちに行ったみたいだから、何かあったらよろしく」という旨の連絡を受けたのがことの始まりだったが、そんなに行動力のある令嬢だとは思ってもおらず、俄《にわ》かに信じ難かった。

サパテロ公爵の別荘へ部下を送ってみた結果、彼女の訪れは事実だと確認した。

とはいえ、彼女は護衛を連れているし、別荘の使用人達と楽しそうに過ごしているだけで困った様子もないので、そっとしておくことにした。

そんな時、領地で土壌の闇化の予兆があった。

ロマリレン王国で土壌の闇化が確認されたのはおよそ五十年前が最後で、また自領とは遠く離れた他領のことだったので、オレゲールは油断していたのだ。

闇化の予兆を前に人々を避難《ひなん》させる。そして闇化を浄化するという、希少で国の宝といえる力を持つ存在——平民の女の子を保護している最中、美しい紫色の髪をフードから覗かせた真っ赤な宝石のような瞳の女の子の存在に気付く。会ったこともないのにその子がパウラだと直ぐに理解した。

彼女は別荘にいるはずなのに、何故このタイミングでこんなところにいるのか。

そして、その希少な平民の女の子に声を掛けるよりも早く、パウラを避難《ひなん》させなくてはという思いがオレゲールを動かした。

交わした言葉は殆《ほとん》どないのに、その僅かな邂逅《かいこう》が印象深く、忘れられなかった。

しかし、普通に話せていたはずのパウラが事件をきっかけに声を失ったと聞いて、後悔に苛まれた。自分がもっと早くに闇化の予兆に気付いていれば、パウラは今も変わらず過ごしていたはずだ。

ただ、謝罪したいという一心で手紙をしたためた。

そこから交流のなかったパウラとの手紙のやり取りが始まったのだが、他人と話すことのないパウラが自分だけに向けて言葉をしたためるという事実が、やけにオレゲールの自尊心を満たした。

一文字一文字丁寧に綴《つづ》られた字は可愛らしく、疲れた時は特に、何度も引き出しから引っ張り出しては眺めていた。

パウラが魔塔に入らないと聞いた時は非常にがっかりしたが、パウラがいると気になってしまい、自分のやるべきことに集中できないかもしれないので逆に良かったと考えることにした。

オレゲールが魔塔で専攻していたのは古語である。

誰も知らない歴史を紐解くために、古語を少しずつでも解読することが、バラーダ伯爵家に生まれた者の責務とされていた。

古語を解読していくと、後《のち》の人間が自分達の都合のいいように歴史的事実を捻じ曲げていることが多いとわかる。それらを発見していくことは楽しかったが、後少しで重大な事実に辿り着きそうというところで卒業になってしまった。

古語の解読に心残りを感じつつも魔塔を卒業すると、オレゲールは宰相《さいしょう》の位に就き王城に勤め始めた。まだ若く経験も浅いオレゲールは、自らが担う宰相《さいしょう》の位が自分には過分なものだと理解しつつも、前宰相《さいしょう》である父や国王陛下の期待に応えるために必死で働いた。また、第一王子の補佐官として、共に国の未来を語り合うこともあった。

「オレゲール、私達もそろそろ将来を見据えて身を固めなければな」

ある日、第一王子が王族の主催する舞踏会の招待状をぴらぴらと指先で操りながら、オレゲールに言った。

「ご存知だとは思いますが、そんなものに参加している暇は、私にはございません」

「おい、そんなものとは随分な言い草だな」

第一王子がもう少し真面目に働いてくれればいいだけなのだが、オレゲールの多忙の一因である当の本人は肩を竦めて笑うだけだった。

「ただ、結婚については同意見です」

かつて、第一王子殿下と公爵令嬢であるパウラの婚約が流れたことをきっかけに、オレゲールの年代の若者は、婚約をしないまま適齢期《てきれいき》を迎える者が多く見受けられた。

ある意味時代の流れがひとつ変化したのだが、婚約をしていないからといって、結婚をしないでいい訳ではない。結婚して家を繋ぐことは貴族の責務なのだ。

そこで、出会いに最適な場として舞踏会が開かれるのである。男女関係なく、婚約者《パートナー》がいるにしろいないにしろ、未婚の者達が集まるのはわかりきっていた。

オレゲールはその仕事柄、おしゃべりな令嬢でなければ誰でも良かった。どの派閥《はばつ》にも属していなければ更に助かるが、そんな貴族令嬢がいるはずもない。

魔塔に入学する前から婚約の打診《だしん》はいくつかあったものの、なかなか気が乗るような良縁《りょうえん》に恵まれることはなく、オレゲールもずるずると婚約しないままここまできてしまった。

「今回は、スペシャルゲストが登場するぞ」

「へえ、そうですか」

全く興味を示さないオレゲールに慣れているのか、第一王子はそのまま一人、面白そうに笑いながら言った。

「聞いて驚け。私を振ったあの、公爵令嬢のパウラだ」

「……それは、確かに……かなり、珍しいですね」

オレゲールは動揺し、ペンを走らせていた手を止めた。つい最近パウラから送られてきた手紙に、そんなことは書かれていなかった。

オレゲールの出席は気にならないのだろうか？　いや、手紙を書いた時には舞踏会の話はなかったのかもしれない。エスコートは誰がするのだろうか？

ぐるぐると、オレゲールの頭の中で様々な憶測《おくそく》が忙しなく飛び交っている横で、第一王子はオレゲールの反応に満足した様子で続ける。

「だろう？　立場的には注目の的であるのに、社交界に全く姿を現さない公爵令嬢だからな。とうとうサパテロ公爵も、本気で相手を探すことにしたんだろう」

謎のベールに包まれた、美しい公爵令嬢パウラ。

パウラの父親であるサパテロ公爵は、一人娘であるパウラを溺愛していると有名である。それにしても、ごくごく稀《まれ》に、公式的な場に参加した時のパウラの寡黙さは異様と噂されるほどだった。

「どんな女に育ったのか楽しみだな」

そんないつも通りの第一王子の戯言に、オレゲールは珍しく不快な気分を味わった……のだが。

「あんな女と一緒になってもつまらないだろうな」

舞踏会の後、第一王子が一番初めに言った言葉はそれだった。

オレゲールは結局、舞踏会が始まって直ぐに仕事の都合で呼ばれてしまったため、パウラに挨拶をすることが叶わなかった。

戻ってパウラを捜している最中に、また悪意あるパウラの噂話を広めようとする輩《やから》が現れ、それを潰しただけという、なんの収穫もない時間を過ごしたと言っても過言ではなかった。

身分的にはパウラに一番相応しい存在である第一王子がそう告げた時、オレゲールは「では、私が求婚しても差し支えないでしょうか？」と気付けば口に出していた。

第一王子は面白がって「やってみろよ」と言っていたのだが、恐らく本気でオレゲールが求婚するとは思っていなかったに違いない。

第一王子に靡《なび》かなかった女性は、オレゲールの知る限り二人しかいない。

容姿も身分も全てが一流の第一王子殿下ですらパウラのお眼鏡には敵わないのだから、自分が断られるのは当然だろうと思いながら、それでも一縷の望みを懸けて求婚状を送った。

求婚を受ける、との返事を貰った時は、魔塔の試験に合格した時よりも気分が高揚し、想像以上に自分がパウラとの結婚を望んでいたのだと知ったのである。

その後はとんとん拍子で話が進み、気付けば今日、オレゲールとパウラは夫婦になった。


「……結婚式ぐらいは、挙げるべきでしたよね……」

いくら多忙で、花嫁から結婚式は挙げないでもいいと言われていても、本当にそれで良かったのかと再びウイスキーを傾けながらオレゲールは一人思いを巡らせる。

パウラは人に囲まれたり注目されたりすることが苦手だからと言っていたが、パウラの父親であるサパテロ公爵も残念そうにしていたし、結婚式を挙げれば間違いなく、さぞかし美しい花嫁姿だったに違いない。

最終的には家族全員の同意の上で結婚式は挙げないことに決まったが、それはパウラの気が変わらないうちに、早く入籍だけでもすませてしまいたいという自分の願望が招いた結果だったように思えて仕方なかった。

結婚式を挙げないでいいなんて、オレゲールへの遠慮であり配慮《はいりょ》だ、と部下達や花嫁を迎えるバラーダ伯爵家側の使用人達はパウラを憐れんだ。

そして、パウラの優しさに甘えているだけだとオレゲール自身も理解していた。

だからこそ、オレゲールはただ、独り言を呟いただけだった。

深く穏やかな寝息をたてる妻の返事など期待する訳もなく。

「……私《わたくし》は気にしておりません……」

「……!?」

返ってくるはずのない言葉が聞こえ、オレゲールは唖然《あぜん》とする。

二人きりのデート中ですら聞いたことのない彼女の可愛らしい声は、静まり返った部屋の中で綺麗に響き、しっかりはっきりとオレゲールの耳に届いた。

「……パウラ？　起きているのですか？」

「……」

空のグラスをテーブルに置き、ベッドに近付いて天蓋《てんがい》カーテンをそっと持ち上げる。

お腹の上で手を組み、ぴくりとも動かず真っ直ぐな姿勢で眠りに落ちている新婦は清らかな美しさで確かにそこに存在したが、健やかな寝息をたてていて、明らかに寝ていた。

(気のせいか……)

そう思いながら、寝ているパウラに懺悔《ざんげ》する。

「……今日は、初夜《しょや》なのに待たせてしまい申し訳ありませんでした」

すると、寝ているはずのパウラの形の良い唇が動き、言葉を紡ぎだすのが見えた。

「……いいえ、お仕事がお忙しいのは存じ上げております……」

「!!」

今度こそ、オレゲールはパウラの顔に自分のそれを寄せ、まじまじと彼女を見る。

狸寝入《たぬきねい》りをしている……訳では、ないようだ。

(これは、どういうことだ？　……もしや、寝言？　寝言で会話が成立するものなのか??)

オレゲールは動揺し口元を押さえる。

こんな症状、聞いたことがない。病気、とはいえないだろう。病気であれば直ぐに主治医を呼ぶが、パウラは見るからに至って健康的で、他に問題はなさそうだった。

……そもそも、これが問題とは思えない。

オレゲールは直ぐに頭を切り替えた。

相手《パウラ》が起きていたとしても寝ていたとしても、普段沈黙を守る彼女との会話がこんなに成立することの方が貴重であるし、何より彼女の声をもっと聞きたいと思ってしまう。

「……明日は必ず、仕事を早く切り上げるように致します」

「……ありがとうございます……でも、ご無理はなさらないで下さい……」

初夜《しょや》のためにメイドが紅を引いた鮮やかで美しい唇が潤み、オレゲールを誘うように言葉を紡ぐ。

オレゲールは、口付けしたい欲望を打ち消すために視線を下げ、下げた視線の先に再び、あの脱がせるためだけの下着を見つけてしまい、胸中慌てる。

オレゲールの欲を知らないパウラは、清らかなまま、そんなオレゲールの目の前に美しい肢体《したい》を曝け出していた。

こんな美しい女性が自分の妻だとは到底思えなくて、オレゲールは俯いてゴクリと唾を飲み込んだ後、つい今まで聞きたくても聞けなかったことを口にした。

「私との結婚は……嫌ではなかったでしょうか……？」

沈黙の乙女。寡黙な公爵令嬢。

パウラと結ばれるのは運命だったのだと神に感謝したオレゲールとは違い、パウラはオレゲールとのデートで何を聞かれても、答えることも微笑むこともなく、ただただゆっくりと頷くだけだった。

けれども、そんなひとつひとつの所作《しょさ》ですら、見惚れるほどに優雅で美しくて、オレゲールへの気配りが透けて見えた。

だから、オレゲールにとってそんなパウラは、常に相手に配慮《はいりょ》し、自分の気持ちより相手の立場や思いを尊重する人間という印象が強い。そのため、パウラが第一王子との婚約が嫌で家出をしたという話は到底信じられず、それは何かの間違いで、他に理由があったのだと思っている。

とはいえ、第一王子との婚約を流し、自分からの求婚を受け入れてくれたことも信じられずにいるのだ。

身分も最上でどんな女性も虜《とりこ》にする美貌《びぼう》を持つ第一王子よりも、常に目の下に隈を作っているような、くたびれた印象の男であるオレゲールを選んでくれた意味がわからなかった。

よって、その優しさ故に断ることができなかったのかもしれない、とオレゲールは考えていた。

「……まさか……私はオレゲール様をお慕い申し上げております……」

「!!」

オレゲールはバッと顔を上げて、パウラを見る。パウラはずっと、眠ったままだ。

それでも、オレゲールは確かに聞いた。パウラもオレゲールを慕っている、と。

「明日は、貴女に触れてもいいでしょうか？　……パウラ」

「……勿論です……オレゲール様との触れあいを、私はずっと……心待ちにしておりました……」

オレゲールはそうパウラが言うのを聞くと、その髪の束を一房そっと持ち上げ、そっと口付けを落とした。

◇◇◇

「おはようございます」

「……おはようございます、オレゲール様……」

翌朝。パウラが目を覚ますと、オレゲールが肘枕《ひじまくら》をしてパウラの方を向き、隣で微笑んでいた。

パウラは寝ぼけたまま幸せな夢だと思い微笑む。

眠気に誘われるがまま再び目を瞑《つむ》り、すり、とオレゲールの身体にすり寄れば、パウラの指先がオレゲールの胸板の感触を捉えた。

（……）

夢にしてはやけにしっかりとした感触である。パウラは思わず指先で触れた胸板を、今度は両手でさわさわと触った。自分とは違う、固さのある手触り。

（……ガウン越しではなくて、直に触りたい……）

パウラは自分の欲望に正直に、オレゲールのガウンの合わせ目からするりとその細く小さな手を差し込む。

掌からトクトクトクとオレゲールの鼓動を感じ、そして熱も伝わってくる。なんとリアルで幸せな夢なのだろう、と思ったパウラの耳元に、オレゲールの甘さを含む優しい声が囁いた。

「朝から積極的なのは私としても大変嬉しいのですが、残念ながら時間切れです」

「……」

ぱち、とパウラは目を開ける。

（オレゲール、様？）

そんなまさか。朝早くから出勤するオレゲールが、パウラが目覚めるまで待っているはずがない。

きょとんとしたパウラが何度か目をしばたたかせているうちに、オレゲールはパウラの額にキスをした。

「昨日は帰宅が遅くなって申し訳ありませんでした。窓が開いたままで身体が冷えてしまったのではないでしょうか。体調は崩していないですか？」

オレゲールに言われ、パウラは慌てて頷いた。身体が熱い気はするが、多分体調不良のせいではない。

（本物のオレゲール様を相手に、胸板をまさぐるなんて痴女のようないやらしい行いをしてしまった……!!）

顔を赤くしたり青くしたり忙しいパウラに、オレゲールは優しく声を掛ける。

「私はもう朝食をすませてしまったので、パウラはどうぞゆっくり食べて下さい。昨日は慣れないことだらけでお疲れだと思いますので、今日は一日のんびりお過ごし下さいね。一日屋敷で過ごしてみて、何か不自由があったらおっしゃって下さい。……今日こそ早く帰ります」

パウラは羞恥心《しゅうちしん》で俯き、オレゲールの顔を見られないまま両頬を押さえ、こくりと頷く。

体温が上がって、顔も息も熱い気がした。

オレゲールは頬を押さえたパウラの手の甲にもう一度キスを落とし、天蓋《てんがい》カーテンをバサリと退かせてベッドから下りる。

そして寝室に備えられていた衣装ダンスを開けて、パウラの目の前で手際良く着替えた。

（きゃ……！）

パウラは、慌てて手で顔を隠す。人様の着替えを覗くような真似をしてはならない……！　と思っていても、オレゲールの一挙一動が気になり指の隙間からチラリと見てしまう。

着替え終わったオレゲールが振り向き、カーテン越しに視線が交わった気がしてパウラの胸がドクンと音を立てた。

「では、行って参ります」

（行ってらっしゃいませ）

そう返事をしたいのに、胸の鼓動が速くて声が上擦り、上手く話せない。パウラは見送りの言葉ひとつすら満足に言えない自分を不甲斐なく思いながら、一生懸命こくこくと頷いた。

オレゲールはパウラが返事をしないことを怒るでもなく、にこりと笑うと部屋から静かに出て行った。

（オレゲール様……昨日も夜遅く大変だったのに、一体いつ休まれているのかしら……）

公爵家とはちょっと違った味付けや盛り付けの食事を摂りながら、パウラの頭を占めるのはオレゲールのことだけだ。

「公爵家では、ガウンのまま朝食を摂るなんてことなさらないですよね？　……本当に、オレゲール様は仕事以外のこととなると大雑把な面がございまして、申し訳ありません」

そう執事《しつじ》のレイブンに言われて、パウラは首を横に振る。

確かに、公爵家では着替えもせずに食事ということは考えられなかったが、オレゲールが一分一秒も無駄にできないほどに忙しくしていることもわかっている。

しかもそれは、オレゲールのせいではない。この国の王族――特に第一王子は基本的に部下に仕事を丸投げしており、下から上がってくる報告は全てオレゲールが捌いていると言っても過言ではないと、殆《ほとん》どの貴族は知っている。

兄達がオレゲールは真面目過ぎると言っていたことを思い出した。

それに、パウラはオレゲールの知らなかった面を知ることができてむしろ喜んでいた。

人によって考え方は様々なのだろうが、パウラにとって、オレゲールが自分の前だからと取り繕うこともなく、自然体でいてくれることの方がとても嬉しかった。

いつも忙しくて、目の下に隈をつくっていて、女っ気がなくて、国を良くするため仕事に尽力している人。なのに、婚約期間中もまめに贈り物をしてくれて、結婚式の打診《だしん》もしてくれて、一緒にいてもつまらないであろう自分との時間を極力取ろうとしてくれる人。

(はぁ……オレゲール様……好きです……)

真面目で、努力家で、気遣い屋で、威張ってなくて、物腰が柔らかくて、丁寧で、優しくて。

(オレゲール様と一緒にいると、心臓が止まりそう……)

だから、一日に数時間一緒にいられるくらいが丁度いいのかもしれない、とパウラは考える。

第一王子、王弟、魔塔の教師、護衛騎士、魔塔に潜入している魔王……パウラの立場上、気付けば攻略対象者全員と会っていたけれども、パウラの心がときめくことは一切なかった。

(オレゲール様……今日こそ早く帰りますと、おっしゃって下さった……)

そのようにオレゲールが考えていてくれることこそが、パウラの心を温かくする。

きっとオレゲールなら、約束を果たそうと奮闘してくれるに違いないのだ。仮にその約束が果たされなかったとしても、パウラがオレゲールに望むことは、ただひとつ。

(どうか、オレゲール様が身体を壊しませんように……)

心配性でもあるオレゲールは、一人で仕事を抱え込んでしまう性質だ。

だから、早く帰ってきてくれることは、パウラにとって嬉しいことだった。

(もし、本当に今日早く帰ってきて下さるのなら……オレゲール様に、良質な睡眠を取って頂きたいわ)

「奥様。オレゲール様からのご指示で昨日は屋敷の案内を致しませんでしたが、本日は奥様がお疲れでない限り、案内するよう仰せつかっております。……少しお顔に赤みがございますが、体調は如何ですか?」

そう問われて、大丈夫だという仕草をした。顔が赤いのはオレゲールの傍にいたせいだろう。

「では、お食事が終わり休憩された後にでも、ご案内させて頂いてよろしいでしょうか?」

パウラは侍女の提案にこくりと頷いた。

「こちらの奥に、使用人室が並んでおります。一番手前が執事《しつじ》長の部屋となっておりますので、何かございましたらいつでもお声掛け下さい。続いて、奥様が足を運ぶことはないとは思いますが、まずこちらが……」

公爵家に比べれば小さいバラーダ伯爵家の屋敷を、主人や客人が主に使う表側の部屋と、使用人が主に使う裏側の部屋に分けて案内をして貰った。

パウラはバラーダ伯爵家の女主人になるのだ。ともなれば、ゆくゆくは屋敷の管理をしていかなければならず、当然使用人との関係も今までより近しいものとなる。

オレゲールの母親が数年不在にしているにもかかわらず屋敷の裏側まで整然としているところを見ると、バラーダ伯爵家の使用人達の品格は公爵家の使用人にも劣らないように思えた。

バラーダ伯爵家は複雑な造りでなく、また増築などもあまりされておらず、とてもわかりやすい構造だ。パウラは頭の中にその構造と紹介された使用人の名前を片っ端から叩き込んでいく。

一通り屋敷内を見て回ると、続いて外の施設の案内が始まった。

「こちらが、バラーダ伯爵家に所属する騎士達の鍛練場となっております。奥様がお出掛けになる際も、必ず騎士の誰かが付き添いますが、特定の者を護衛騎士として任命されてもよろしいかと思います」

「……」

敬礼する騎士達に軽くお辞儀をして挨拶をすませると、訓練に戻った騎士達の様子を少しだけ見学する。

（……あら？）

パウラが、その中の一人に目を留めて目をしばたたくと、その相手もパウラに気付いたようで、目が合うなり手を大きく振りながら駆け寄って来た。

「パウラ様……」

「おい新人！　今は訓練中だぞ！　ましてや奥様にこちらから勝手に話し掛けるなって！」

「あっと……すみません、つい。ではパウ……奥様、失礼致します」

（ジェフ……ヒロインの護衛騎士ではなくて、本当に私の護衛騎士になろうとしてくれたのね……）

懐かしさと嬉しさで、つい笑みが零れる。

攻略対象の一人であるジェフは、本来ヒロインが魔塔に所属している間の護衛騎士として登場するのだ。パウラは魔塔には一切近づかないようにしていたから、ヒロインに付き従う護衛騎士が誰か見たことはない。

だが、パウラが断罪を回避したように、ヒロインの弟が生きているように、少しずつゲームの内容と現実に差異が生じている。

「奥様。先ほどの新人は、サパテロ公爵家所属の騎士だったそうなのですが、奥様のご成婚と同時にこちらへの転職を希望されたそうなのです。正直、新人であるにもかかわらず、バラーダ伯爵家の騎士の中でもトップの実力らしいのですが……奥様が目に掛けている者でしたか？」

少しでもジェフがこのバラーダ伯爵家でも過ごしやすくなればいいと思い、パウラは頷く。

目に掛けているも何も、今初めてバラーダ伯爵家にいると知ったのだが。

「そうですか……もし、彼を護衛騎士に任命されるのであれば、その際はお知らせ下さいませ」

パウラは頷く。

「こちらの鍛練場と裏庭は繋がっていて、お客様がいらっしゃらない時は裏庭に大量のシーツが干されているのです。奥様にお見せするような物でもございませんので、一旦……」

「メイリー様！」

その時、パウラを案内していた侍女のメイリーが他のメイドに呼ばれた。

「今は奥様をご案内しているから、また後でいいかしら？」

パウラを気にして、用件を後回しにしようとするメイリーに対し気にしないでという意味で手を振る。メイリーが用件を確認している間、パウラは一人になった。

公爵家では侍女が三人付いていたが、伯爵家に来てからメイリー一人である。

けれども不便さはなく、少しやり方や順番が違うこともあるけれども、メイリーはパウラのちょっとした仕草や表情を見抜いて色々合わせようとする柔軟性も持ち合わせていた。

（メイリーやレイブンがお義母様に代わって色々管理してくれていたから、みんなしっかり教育が行き届いているわ）

パウラは頷きながら、継続して一人散歩を楽しむことにした。狭くはない屋敷をずっとぐるぐる歩き回ったせいか、身体が熱くて息もあがってきた。

（後少しだけ見学したら、部屋に戻るとメイリーに伝えよう……）

見せる物でもない、と言われた真っ白な大量のシーツが風に靡《なび》く光景を最後に見たくなり、パウラは煉瓦でできたアーチを潜る。

（まぁ……）

快晴の真っ青な空の下、白く輝く大きな布地が、はたはたと気持ち良さそうにそよいでいる。

汚さないようにしよう、と身体が触れないようにパウラが立ち止まってそれを眺めていると、シーツの向こう側から使用人と思われる女性達の会話が聞こえた。

「ねぇ、奥様とはもうご挨拶した？　この世にあんなに美しい方がいるなんて、驚いたわ」

「本当にねぇ！　ご主人様も、くたびれてなければ格好いい部類なんだけど、美人過ぎる奥様で不安にならないかしら？」

（……私の噂をされてしまっているわ……）

流石に居心地が悪く、パウラは抜け道を探そうとする。

一ヶ所だけ古い扉が見えたが、その入り口は鎖で縛られた上に長い蔦で覆われ、普段使われているようには見えない。そこを通るのは無理だと判断したパウラは踵を返そうとした。

使用人にも、ガス抜きは必要だ。お客様の噂であれば注意すべきかもしれないが、初対面の女主人への感想くらいは自由にさせてあげないと、とパウラは理解を示す。

「でも、どんなに美しくても、『呪われ令嬢』じゃ、私は不安だわ」

「え？　なんの話？」

しかしその時、勝手に耳に入ってきた言葉で、パウラは思わず足を止める。

『呪われ令嬢』……確か、舞踏会で聞いた、パウラを示す蔑称《べっしょう》だ。

「ほら、私の実家は貴族のご令嬢達もいらっしゃるショップを営んでいるでしょう？　常連《じょうれん》の男爵家のご令嬢が言っていたのよ。奥様は闇化の瘴気《しょうき》で声が出なくなる呪いにかかって、その呪いを解くために女を攫っては自分の呪いを一時的にうつすんだって。そうすることで、辛うじて正気を保てるらしいってね」

ざあ、と強い風が吹いて、大きな真っ白いシーツを一際強く揺らした。パウラの目に眩しく映ったその景色は爽快なものだったが、気分はとても爽快とはいえなかった。

「本当は侍女の仕事をするつもりでこの家を紹介して貰ったけど、パウラ公爵令嬢が奥様って聞いて、メイドで良かった〜って思ったわ」

ほら、侍女が一番傍にいるから呪いをうつされそうじゃない？　と、そのメイドは本気なのか冗談なのかわからないような口ぶりで明るく笑って言う。

「……貴女、ここに来てまだ新しい人だっけ？」

けれども、先ほどまで楽しく談笑していたはずの他の使用人は、すぅと声のトーンを下げた。

（どうしよう……私の噂のせいでメイド達が怖がるようでは、話にならないわ……）

誤解は解かなければならない。けれども、女主人としてここははっきりと噂話に対して叱った方がいいのか、一旦持ち帰って信頼できそうなレイブンやメイリーに任せればいいのか判断がつかなかった。

（そもそも、自ら叱るって……私にできるのかしら？）

咄嗟《とっさ》に声が出ないのは事実であり、自分が話すことができればメイドにこんな噂話をされることもないのだ。

（このままではいけない……）

今までパウラは自分の未来を守るために沈黙を守ってきた。

けれども今は状況が大きく変化し、オレゲールの妻になったのだ。バラーダ伯爵家の名誉を守らねばならない立場なのに、こんな噂話をされる自分がパウラは情けなくて仕方なかった。

気分が沈んだせいなのか、視界がぐにゃりと歪む。

「あれ、パ……奥様。こんなところで一人、どうなさいました？」

パウラが振り向くと、自分の通ってきたアーチの下にジェフが立っていた。

「……」

「ちょ、大丈夫ですか？　パウラ様！　誰か、奥様が……っっ！」

ジェフの慌てたような声を耳にしながら、パウラは意識を失った。

◇◇◇

「今日はこれで。先に失礼する」

オレゲールの言葉を聞いて、部下達は一斉に時計を見た。定時である。

「あれ？　時計が壊れているのか？」

誰かがそう言い、皆で他の時計を確認したが、結局部屋の時計は至って正常に動いていることの確認が取れただけだった。

昨日、花嫁を迎えた日ですら一人遅くまで残っていたオレゲールに、一体どんな心境の変化があったのかと、部下達はお互い目配せし合う。そんな部下達を置いて、残った仕事をデスクに山積みにしたまま、オレゲールはさっさと執務室から去って行った。

オレゲールの仕事の進め方は、「その日の仕事はその日のうちに」である。デスクに書類が山積みという状況はオレゲールが宰相《さいしょう》に就いてから一度もなく、部下達はどよめいた。

しかし誰も事情を知る者はなく、結局「……もしかして、昨日早速花嫁に離縁届を突き付けられたとか？」と、初夜《しょや》をおざなりにしたオレゲールに、いかにも降りかかりそうな結論で話は勝手に纏まった。

「やっぱり、オレゲール様は新婚なんだから、無理にでも早く帰らせるべきなんだよ!!」

「そうだよな、新婚の時くらい、少しは俺達に仕事を振ってくれればいいのに！　そりゃオレゲール様のようにはいかなくても、精一杯やるのにな!!」

そして勝手に同情されたオレゲールは、翌日から一致団結した部下達に早めの帰宅を促されることとなったのである。


オレゲールが普段帰宅するはずもない時間に屋敷へ着くと、屋敷内はばたついていた。

「オレゲール様にはご報告だけでもしなさい」

「けれども、主治医は疲れによる一時的な発熱だと診断致しましたし、何より奥様ご自身がオレゲール様へご連絡されることは心苦しいといったご様子です」

普段は落ち着き払ったレイブンとメイリーが、いつもより語気を強めて押し問答をしている。

「何事だ」

嫌な予感がしてオレゲールが会話に割って入った。

「オレゲール様！」

「お早いご帰宅で……！」

明らかに二人ともホッと安堵《あんど》した表情を浮かべ、次いでそれどころではないと、直ぐにパウラが倒れたことを報告する。

その報告を聞いて、オレゲールは断片的な会話から想像通りであったにもかかわらず、自分が酷く動揺していることに気付いた。二階へ向かうと、二人は心得たように付いてくる。

「主治医は一時的な発熱だと診断したのだな？」

「さようでございます」

「パウラは寝室か？」

「はい、今はご夫婦の寝室ではなく、自室のベッドでお休み頂いております」

「わかった、レイブンは通常業務に戻ってくれ。メイリーは私と一緒に来るように」

「畏まりました」

オレゲールが短く指示すると、レイブンは一階へ戻り、メイリーはオレゲールに付き従う。

「……申し訳ございませんでした。私が奥様の体調不良に気付かず……」

メイリーの謝罪に対し、オレゲールは「パウラがこの屋敷に来て、まだ二日目だ。これから知っていくしかない」と口にする。

今朝、オレゲールもメイリーもパウラの白い肌に対して顔が幾分赤かったことには気付いていた。

しかし、パウラ本人に大丈夫と言われてしまえば、それがいつも通りなのかと思うのも無理はない範囲で、深く尋ねることはしなかったのだ。

パウラの部屋の前に着くと、小さくノックしそっと入室した。パウラの甘い香りが、夫婦の寝室よりもずっと強く香っていてオレゲールはなんともいえない気分になる。

自分の屋敷に、パウラの居場所が確かにあるという感覚。こんな状況でなければ、自分の心は躍っただろうと想像がついた。

パウラに付き添っていたメイドはオレゲールの入室に気付くと、ベッド脇から退いて距離を取り、頭を下げる。メイリーはオレゲールに、簡潔に報告をした。

「熱は少し前に、平熱近くまで戻られました」

「そうか」

熱の下がった後のパウラは、昨日オレゲールが帰宅した時と同じく、スヤスヤと心地好さそうな寝息を立てている。その様子を見て大事には至っていなそうだという主治医の診断に納得し、オレゲールは胸を撫で下ろす。

「水は飲んだか？」

「はい、先ほど目を覚まされた時に、飲まれました。ほんの少しですが」

「わかった。普段人前に出ないから、昨日の行事と新しい環境に心労や疲労が重なったのだろうな。……そこに私を遅くまで待っていたのだから、体調を崩すのも当然か。パウラが起きた時、何か軽く食べやすい物をいつでも口にできるよう、用意しておいてくれ」

「はい、畏まりました」

メイリーは既に料理長にそう指示していたが、オレゲールの指示に頭を下げる。

そして、それ以上の指示が続かないことを確認すると、今度はメイリーの方からオレゲールに話を振った。

「……オレゲール様。奥様が倒れられた時の状況で、お耳に入れておきたいことがございます」

オレゲールはちらりとメイリーに視線を送る。それ以上口を開こうとしない彼女の姿を見て、何かしらの事情を察し鷹揚《おうよう》に頷く。傍に控えていたメイドにもう一度パウラを任せ、二人は話を聞かれない場所……オレゲールの私室へと移動した。

オレゲールは腕を組み、メイリーに尋ねる。

「……それで？　パウラが倒れた時の状況で私の耳に入れたい話というのは、どういうものだ？」

メイリーは口を開く。

「この屋敷の中で、奥様を『呪われ令嬢』と揶揄《やゆ》した使用人がいたとのことです。また、奥様が倒れられた際、その会話……言葉を聞いた可能性がございます」

「……なんだと？」

社交界でそのくだらない噂を広めようとした者達はことごとく排除してきたというのに、まさか身内にそんな輩《やから》が紛れ込んでいるとは思わず、オレゲールは額に青筋を浮き立たせる。

オレゲールから放たれるピリピリとした空気を感じながらも、メイリーは続けた。

「とはいえ、メイド二人の間で交わされた話なので、一方の話だけを鵜呑《うの》みにはできず……まだ新人だったのでひとまず厳重注意と致しました」

「……わかった」

オレゲールとしては即刻クビを言い渡したいところだったが、使用人達にもそれぞれの事情がある。そして、使用人については執事《しつじ》のレイブンやメイリーの方がずっと詳しいことを、オレゲールは理解していた。

「ただ、これからその者に与える仕事はしばらく、パウラの目の届くところには配置しないように。次になにかひとつでも不適切な発言があれば、即刻つまみ出せ」

「畏まりました。……それと」

「まだ何かあるのか」

「ジェフという名の公爵家からきた新しい騎士なのですが、奥様とお知り合いだったようです。これは、奥様ご本人から確認が取れました」

「……何？」

オレゲールは驚く。パウラは極端に外に出ることの少ない、箱入り娘として有名だ。外出することがまずなかったパウラには専属の護衛騎士はいなかったと聞いている。そして、公爵家の敷地は広く、騎士も多いために公爵令嬢と一介の騎士が個人的に親しくなることはほぼないと言ってよかった。

では、いつ出会う要素があるというのか。

オレゲールは、自分の胸中にモヤモヤとした黒い霧のようなものが広がるのを感じた。初めての感覚。けれども、これが嫉妬《しっと》というものなのだろうという予想は簡単につく。

しかし、公爵家から伯爵家という、家格が下がるにもかかわらず自分の所属を移してまで令嬢を追い掛ける騎士は珍しい。それこそ恋人同士でもなければ。

ただ公爵家としても、自分の娘の嫁ぎ先に、娘に懸想《けそう》する護衛騎士を転職させることなどは諍いのもとにしかならない。むしろ公爵家が納得するような、転職してもおかしくないほどの理由がその騎士にはあると考えた方が自然だ。

できればパウラ本人から二人の関係について教えて貰いたいと思いながら、オレゲールは冷静さを欠くことのないよう努めて会話を続ける。

「その騎士のことを知った時、パウラはどんな様子だった？」

「相変わらずお顔には出されませんでしたが、耳元がほんのり赤かったので、嬉しかったようです」

「そうか」

「ジェフ本人は奥様の護衛騎士となることを強く希望しているそうです。……私はジェフと話してみて、変な印象や違和感は持ちませんでしたが……」

事実以外の情報をメイリーが付け足すということは、要はその護衛騎士は好感度や評価がかなり高いということだ。

「わかった。ジェフについても、また変なことを言い出す輩がいないかだけ注意してくれ」

「はい、畏まりました。今回、倒れた奥様を寝室まで運んだのもジェフでしたので、一応ご報告させて頂きました」

「そうか。……機転が利いていて助かる、ありがとう」

「とんでもございません」

オレゲールが何も知らず、パウラとその新人騎士が恋仲かもしれないなどという噂が先にこの屋敷で広まったなら、流石に心中穏やかではいられなかっただろう。

オレゲールはパウラのことを、恋人がいるにもかかわらずオレゲールの求婚を受けるような令嬢だとは思っていない。けれども、人から寄せられる恋心に敏《さと》い性格かといえば、それもまた違うと思っている。

だから、こうした情報に関しては、いつ、誰から、その情報を手にするかで受け取り側の心理も大きく変化するのだ。

『オレゲール様をお慕い申し上げております』

昨日、パウラは確かにはっきりとそう言ってくれた。その言葉を信じたかった。あれは自分の願望がみせた夢ではないはずだ、とオレゲールはパウラの寝顔を思い出す。

「では、私は先に食事を摂ってくる。その後は私がパウラを看ているから、君も少し休むように」

「はい、ありがとうございます」

メイリーは頭を下げ、パウラの部屋へと戻って行った。

侍女もメイドも下げさせた後。オレゲールはパウラの美しい寝顔を見ながら、ベッドサイドの椅子に座り、本を片手にウイスキーを口にしていた。

（こんなにゆっくりしたのは何年ぶりだろうな）

仕事を終わらせずに帰宅したものの、病み上がりの妻に触れることはできず、結局パウラと情を交わすことはないのに、こうして傍にいて寝顔を見ているだけでもオレゲールの胸は満たされていく。

今までだったら仕事のことで頭がいっぱいになり、気になってもう一度職場に足を運んだかもしれない状況なのに、驚くほどそんな気分になれなかった。

昨日の扇情的《せんじょうてき》な姿とは一変して、汗をしっかり吸い込む、病人が着る寝間着で横になっているパウラだが、それでもその美しさはなんの遜色《そんしょく》もない。

パウラの口元が少し渇いている気がしたので、枕元にあるサイドテーブルの上から水差しを手にし、その隣に置いてあるコップに注いだ。

「パウラ、水は飲めそうですか？」

「……」

返事がないので、オレゲールは自分の口に一度水を含み、そっとパウラの上体を起こして口付けをすると、彼女がむせないように気を付けながらゆっくりと細い喉に流し込んだ。

（口内もそこまで熱くはないか……）

こくん、こくん、と水を飲み込むパウラの喉の動きが止まると、オレゲールは思わずそのままパウラの小さな口に舌先を差し込み、体温を確認するためと言い訳しつつ、少しだけ口内を堪能する。

「……ん……っ」

オレゲールがその行為に夢中になりかけた時、パウラが少し苦しそうに声をあげたので、我に返って口を離す。

「……すみません」

自分は仕事人間で、女性に対してあまり情欲が湧かない方だと思っていたのだが、それはどうやら間違った認識だったらしい、とオレゲールはその時初めて気付いた。

昨日からずっと、触れたくて堪らない。パウラの柔らかな唇やすべらかで透き通るような肌、絹のような手触りをした髪と身体から漂う甘い香りを知ってしまってから、尚更に。

名残惜しいものの、パウラに無理をさせる訳にはいかず、そっとその身体を横たえた時だった。

「……オレゲール様……」

寝ているパウラは、水分を補給して少し意識が覚醒《かくせい》したのか昨夜同様再び寝言を零す。オレゲールは名前を呼ばれてつい、笑みを漏らした。

「はい、ここにいます」

パウラの手をそっと取り、両手で包み込んだ。細く、直ぐに折れてしまいそうな指。綺麗に手入れされた指先の爪というパーツですら、オレゲールには可愛らしく見える。

「……ご迷惑をお掛けして……すみません……」

昨日新婦を夜中まで待たせたのはオレゲールなのに、自分の体調不良を寝てまで謝罪するパウラに申し訳なさが込み上げてくる。

「いいえ、パウラは迷惑を被った側です。私こそ、すみませんでした」

パウラの手に、口付けを落とす。オレゲールはまた、パウラの身体ならどこでも口付けたくなる自分を自覚して、苦笑した。

初恋にときめく年齢でもあるまいし……と考えて、いや、もしかするとこれが自分の最初で最後の恋なのかもしれないな、と思い至る。

「……折角、ご無理をして……早く帰って来て下さったのに……」

パウラの眦《まなじり》から一筋涙が零れ、オレゲールはぎょっとする。親指で慌ててそれを押さえ、「いいえ、無理なんてしていませんよ」とパウラの頬を撫でながら、気付けば気休めが口から出ていた。

実際はかなり無理をして帰宅した。

しかし、それを妻に気取られ遠慮されるようでは、いい関係を長く築いていくのは難しいだろう。

「お互い、無理なことは無理と言いましょう。ですから、私が帰って来た時は無理ではないということです」

オレゲールがそう言えば、パウラは口角を上げた。

「……ありがとうございます……けれども、まだあるのです……」

「まだある、とは……？」

体調が万全でないことを気にしつつも、パウラが話せるうちに気掛かりなことは全て聞き出してしまおうと、オレゲールは聞く姿勢を見せる。

「私のせいで……私が普通に話せないせいで……メイド達が怖がっているのです……」

オレゲールは直ぐに、パウラの言っている内容が、先ほどメイリーの報告にあったメイドが噂していた「呪われ令嬢」のことだと理解した。

そんな根も葉もない噂話をしたメイドを罰するという方向性ではなく、自分の非を認めることができるパウラに、逆に気高さを感じる。

「パウラはそのままでいいですよ」

これは嘘偽りない本音だ。パウラが話せなくても、オレゲールは問題なかった。

この可愛らしい声を独り占めしているという優越感。オレゲールがことパウラに関しては、狭《きょう》量《りょう》な独占欲の強い人物たらしめることを浮き彫りにしている。

けれども、その事実がパウラを苦しめているのであれば、話は別だった。

「……私は……オレゲール様と、バラーダ伯爵家の名誉を守りたいのです……」

パウラが話せないことを知っていて受け入れたのはオレゲールの方だ。

気にしないでいいと言うことは簡単だが、オレゲールはパウラがこれから伯爵家で気に病むことなく、負い目を感じることなく過ごすために、パウラの好きにさせたいと思った。

「私や家門のために考えて頂き……ありがとうございます」

そしてその考えは間違えではなかったらしい。オレゲールの言葉を聞いたパウラは嬉しそうに微笑む。起きている時には見ることがない、自然な笑み。

それはこの上ない喜びを与えてくれるのに、この微笑を目にすれば男女関係なく誰もがパウラを好きになってしまいそうだと感じてオレゲールは一人苦笑した。

「……これからは、沈黙を破って……昔のように、話していきたいと思います……」

自分の気持ちは伏せ、そんな宣言をするパウラの背中を、オレゲールはそっと押す。

「……はい。パウラのためにも、その方がいいかもしれませんね。けれども、無理はしないで下さい。私はどんな貴女でも……」

オレゲールはそこで口を閉じた。

好きです。

はっきりと自覚した気持ちだったが、そんな簡単な一言が、結婚はしたものの恋愛初心者であるオレゲールには口にすることができなかった。

◇◇◇

翌朝、すっかり熱の下がったパウラがすっきりとした気持ちで目覚めると、オレゲールは既に仕事に向かい屋敷を不在にしていた。

「オレゲール様は、奥様が目覚めるまで出勤するおつもりはなかったようなのですが、火急を要する仕事が入ったと連絡を受けてしまったとのことで……」

申し訳なさそうに説明するメイリーに、パウラはゆっくり首を振る。

体調を崩したパウラが、こんな時にも傍にいてくれないとか、自分は大事に思われていないとか、オレゲールに対して不満を抱えないように言葉を選び、気を遣ってくれているのがよく伝わってくる。

「……ありがとう……」

パウラは時間を掛けつつも、メイリーにそう告げる。

メイリーはハッとして一度パウラを見ると、そのまま笑顔で言った。

「いいえ。……今日からまたしばらくオレゲール様はお忙しいようですので、次の機会には長く一緒にお過ごしになられるよう、奥様は体調を万全にすることだけをお考え下さい」

普段しっかり者であり、必要な時には笑うものの、パウラと同じくらい表情を崩さないメイリーがこれほどの満面の笑みを浮かべてくれたのは初めてで、パウラは勇気を出してよかったと、嬉しくなる。

（そうよね……私も、顔を合わせる人には笑っていて欲しいもの……）

パウラが口を開くだけでは、使用人達と完全に打ち解けることはできないだろう。

そっと自分の顔を両手で押さえる。

（表情筋も……動かしていかなきゃ……）

パウラは自分にとって必要なことをメイリーに教えられ、新たな目標を心に刻むのであった。

それから数日、パウラはオレゲールとはすれ違いの日が続くものの、屋敷内で平和に過ごした。

「奥様が本や植物がお好きだと聞いたので、奥様をお迎えするまでにこの屋敷の図書室と温室、そして庭園も全て見直すようにとオレゲール様が私共にご指示なさったのですが……よろしければ、まずは図書室を見に行かれませんか」

メイリーの提案にパウラは頷き、以前案内された図書室へと足取り軽く向かった。

◇◇◇

その日の夜も、寝ているパウラはオレゲールに話し掛けられ、寝言で本音を漏らす。

「……今日は、図書室で沢山本を読ませて頂きました……」

「そうですか。読みたい本があったら、遠慮なくレイブンに伝えて下さいね」

「……はい……ありがとうございます……」

サパテロ公爵にパウラが好きな本の傾向を聞いておいて良かった、とオレゲールはパウラの満足そうな様子に安堵《あんど》する。

「……オレゲール様は……だいぶお疲れなのではないでしょうか……？」

オレゲールは、パウラの質問に「少し目が疲れている程度で、大丈夫ですよ」と返事をする。

寝ているパウラがオレゲールに聞いてくることはいつも同じで、毎日帰宅が遅く朝の早い夫の身体をよっぽど心配しているのだな、と最近つくづく実感した。

自分をこんなに心配してくれる妻が愛しく、仕事をしていても心配させないように早く帰らねばという気持ちにさせてくれる。

以前は仕事中心の生活が当たり前で、自分の時間は全て仕事に費やすのが当たり前であった。それが気付けば、仕事以外の時間を充足させるために、仕事に精を出すようになっている。

国民のために働くという以前の漠然《ばくぜん》とした感覚も、最近ではパウラや自分の周りの友人、仕えたり支えたりしてくれる人達のために、この国をより良くしていきたいという感覚へと変化していた。

「そういえば、パウラ。仕事がひと段落したので、明日は早く帰ってこれそうです」

オレゲールがそう告げると、パウラは心から嬉しそうに微笑む。温室の華美な花々も逃げ出してしまいそうな、魅力的な微笑。

「そのうち休暇が取れたら、今度は城下町を案内致しましょう。ずっとこの屋敷の中にいたのでは、窮屈《きゅうくつ》でしょう」

「……いいえ……私は……実家でも……ずっと引き籠っていたので……」

屋敷の中に閉じ籠っているのは得意です、と答えたパウラに、オレゲールは声を出さないように堪えながら笑った。

外出の目処が立ったらパウラに危険がないよう護衛をつけなければ……と考えたところで、オレゲールは以前報告を受けたジェフのことをふと思い出す。

「パウラ、新人騎士のジェフとはどういった関係なのですか？」

やや緊張しながらオレゲールが問い掛けると、パウラは難なく「乳母《うば》の息子です」と答える。

昔は身体が弱く療養《りょうよう》するためにバラーダ伯爵領内の別荘地にいたこと、パウラが医師を手配したお陰で手遅れにならなかったこと、命の恩人としてジェフから感謝されていることを聞いて、オレゲールは諸々納得した。

パウラを命の恩人だと考えているのならば、公爵家から伯爵家に所属を変えてでもパウラの護衛騎士を志願するのも理解できるし、公爵家もその理由を知っているのであれば、娘にとって安全で信頼できる騎士を傍に置くために、ジェフがパウラと共に去ることをなんとも思わないであろう。

「なるほど、そういう訳だったのですね……」

「……はい……少しだけ……過去の自分が誇れるので……ジェフの存在はとても嬉しいです……」

結果的に人を救うことができてよかった、と照れ臭そうにパウラは続ける。

ジェフの存在はパウラに自信を与えていると感じたオレゲールは即決した。

「では、彼の実力は十分なようなので……パウラ専任の護衛騎士に任命しましょうか」

オレゲールの話を聞いて、パウラは微笑んだ。

その日はそこでオレゲールの眠気も限界の頃合いになったので、先に眠る妻に口付けを落とすと「それでは、おやすみなさい」と就寝の挨拶を告げて瞳を閉じた。

◇◇◇

オレゲールとまだ情を交わせていないパウラであったが、バラーダ伯爵家に嫁いでからというもの、毎日幸せな気持ちで朝、目が覚める。

(今日はなんだか、いいことがある気がする……)

直接顔を合わせることのないオレゲールだが、パウラは何故か不安な気持ちになることはなかった。いつも見守ってくれているような、不思議な感覚が続いている。

「奥様の体調はもう問題はないと主治医が申しておりましたので、そろそろ屋敷の外に出てお庭や温室を見に行かれますか？」

メイリーにそう提案され、パウラは頷いた。

バルコニーから見ていて、ずっと庭に出てみたかったのだ。念願が叶い、パウラは興奮しながら庭の散策に精を出す。

（なんて素敵なお庭……）

「以前は建物と同じく、手入れはしているもののずっと殺風景な庭だったのですが、奥様がいらっしゃったことでとても華やかなお庭になったんですよ」

（オレゲール様が私のために……嬉しい……そうだ、温室で香りのいい花を摘んで寝室に飾ったら、オレゲール様もよくお休みになられるかもしれない）

とりたてて表情の変化は表に出ないものの、足取り軽くご機嫌な様子のパウラを観察していたレイブンとメイリーは、顔を見合せて微笑む。

庭を一通り探索したパウラが温室に向かう途中の回廊《かいろう》で、メイド達が三人、集まっているのが見えた。

「……全く、なんで私がこんな目に……本当のことしか言ってないのにさ」

どうやらメイドの一人が不満を溜めているらしく、他の二人は黙々と仕事をしながらその愚痴《ぐち》に付き合っているらしい。

メイリーが無駄話を止めにいこうとするのを、パウラはメイリーの前に手を出して広げて止めた。

伯爵家の使用人達が何を嫌だ、大変だと感じるのか、女主人として把握しておきたかったからだ。

メイリーが眉を顰め、気遣わしげにパウラを見てくる。

けれどもパウラはその視線を無視して、音もなくそのメイド達に近付いていった。

話すのに夢中になっているメイドは後ろにいるパウラ達に気付くこともなく、箒の柄に重ねた両手と顎を乗せ、大きな声で笑っていた。

「だからぁ、絶対に捨てられるって。あの新人騎士との仲だって怪しいし、あんなに綺麗綺麗ってもてはやされる割には未だに床入りしてないんでしょう?」

「……」

外の仕事の何がきつい、こうだったらいい、というような会話を期待していたパウラは、メイドの会話の内容に拍子抜けする。

けれども隣で聞いていたメイリーは、顔を真っ赤にさせて、そのメイドに激昂した。

「貴女……っ! 今直ぐ荷物を纏めなさいっ!」

「!? メ、メイリー様……! 誤解です、私はオレゲール様やバラーダ伯爵家の行く末が心配で……!」

メイドは慌ててメイリーに駆け寄り縋ったが、メイリーが音無しの構えを決め込んでいるとわかるや否や、縋る相手をパウラに変更した。

「奥様……! 申し訳ございませんでした……」

メイドはポロポロと涙を流し、パウラの目の前で平伏して床に額をつける。

「わ、私はここを出されると行き場がなくて……！」

「そんな貴女の事情はわかっていたから、以前奥様を貶めるような発言をした時も厳重注意だけですませたというのに……しばらく大人しくしていたらしいけれど、やっぱり無駄だったわね」

メイリーはパウラを庇うように前に立つと、そのメイドに冷たい視線を浴びせた。

「もう、もう言いませんので……！　どうか」

メイドの言い分に釈然としなかったパウラは、足元に突っ伏すその女性を見下ろしたまま口を開く。

「……口は、災いの元です……」

心を入れ替えてから、少しずつ、少しずつ挨拶から口にするよう心掛けていたパウラが口を開いてメイドに告げると、その場にいた者は全員、呆然としながらもパウラに注目した。

(床入りしていないのは事実だから言われても仕方のないことかもしれないけれど……事実ではないジェフのことまで取り上げるのは、やり過ぎだわ)

それ以上に、裏付けのない噂話に乗っかって、主人の決定に対して裏でこそこそ話す人物である方が問題だと、パウラは思う。本当にオレゲールやバラーダ伯爵家が心配なのであれば、本人に直接言えとまではいわないけれども、まずメイリーやレイブンに相談すべきなのだ。

「……この家に……それを知らない者は必要ありません……」

そもそもこのメイドの言動は、貴族に対する侮辱罪《ぶじょくざい》や名誉毀損罪《めいよきそんざい》にあたる。

今回は自分のことだから訴えることもないが、もし万が一他の家門のことを外でべらべらと話されたら、それはそのまま伯爵家の責任にもなるのだ。

パウラは元々、口が達者で問題ばかり起こす悪役令嬢の役どころである。

今回は断罪を逃れたが、悪役令嬢と似たような人格のメイドを傍に置いて、バラーダ伯爵家の信頼が失墜《しっつい》するような事態になることだけはなんとしても避けたかった。

追い出されると行き場がないのであれば尚更、言動は慎むべきだったのに。最初に注意された時、きちんと学んでいれば、こんなことにはならなかったのに。

パウラの言葉に蒼白になったメイドとは対照的に、メイリーやその場にいた他のメイド達は笑みを浮かべた。そして、この話は終わったとばかりにメイリーはパウラに頭を下げる。

「奥様、この事後処理をレイブン様に依頼しましたら私も直ぐに温室に参りますので、どうぞ先に向かわれて下さい」

パウラは頷き、後のことはメイリーに任せて、一人温室へと向かった。


「ただいま戻りました、パウラ」

帰宅したオレゲールに夕食を頂く直前で声を掛けられ、パウラはカトラリーを直ぐさま置くと、椅子からパッと立ち上がった。

その場にいた給仕係などパウラ以外の全員が時計を二度見したが、ダイニングにある三ヶ所の時計は同じ時を刻んでいる。

ここ一週間以上日を跨いで帰宅していた主人が、十九時前に帰宅していた。

「……お帰りなさいませ、オレゲール様」

パウラは綺麗にお辞儀をしてオレゲールの帰宅を迎える。

(良かった……声が出た……)

パウラは今日一日ずっと、オレゲールが帰宅した時のことを頭の中で何度も何度も繰り返しシミュレーションしていたのだ。

パウラのイメージでは寝室や玄関であったが、まさか夕食のタイミングとは思わずかなり驚いた。驚いた割には、きちんと言葉を発せた方だと一先ず満足する。

パウラが人前で言葉を発したことにオレゲールは少し驚いたように目を見開いたが、直ぐに目を細めて笑顔を作った。

「丁寧にありがとうございます。けれども私は貴女の夫なのですから、他人行儀にしなくていいですよ」

オレゲールがにこやかに話し掛けると、パウラは頷いて了承する。

「声を掛けたタイミングが悪かったですね。料理が冷めてしまいますから、パウラは先に召し上がって下さい。私は手を洗ったらまた直ぐに戻って参りますので」

パウラが再び頷くと、オレゲールはレイブンと共に一旦ダイニングから退室した。

(オレゲール様が、こんな早くに帰ってきて下さるなんて……)

喜びで、パウラの耳元と頬がほんのり赤く染まる。

座ったまま食事に手をつけないパウラに「奥様、オレゲール様もおっしゃっていたように直ぐに戻られると思いますので、是非冷める前に召し上がって下さい」と給仕のメイドが促してくれたが、パウラは首を横に振った。

（どうしよう……嬉しすぎて、上手く食べられないかも……）

パウラが緊張しながら待っていると、オレゲールは宣言通り、直ぐにダイニングへと戻って来た。

「お待たせ致しました。……待っていて下さったのですね、ありがとうございます、パウラ。では一緒に頂きましょうか」

正面からオレゲールの声がして、緊張したパウラが見上げると、丁度オレゲールが着席するところだった。心の中で喜んだパウラは頷き、オレゲールがカトラリーを手にしたことを確認してから、自分もそれらを手にする。

それからしばらくお皿とカトラリーが触れ合う音だけが響いたが、先に口を開いたのは当然オレゲールの方だった。

「パウラ、今日は……メイドがとても失礼なことを貴女の耳に入れてしまったそうで……二度も不快な思いをさせ、すみませんでした」

オレゲールに謝罪され、パウラは緊張で味がわからなくなってしまった料理をしっかり咀嚼しながら首を振る。

「……オレゲール様が……謝られることでは……ございません……」

もうパウラはバラーダ伯爵家の人間なのだ。メイドの教育は、それらを束ねる人間——パウラの仕事である。教育が足りていないと注意されるならまだしも、謝られてしまっては自分がまだ伯爵家の一員として見られていないようで悲しくなる。

「パウラがこの屋敷に住んでしばらく経ちましたが、他に、何か不都合などはございませんでしたか？」

（不都合……不都合……）

考えても特に思い当たらず、パウラは何もないという意味で頷いた。

「今日はずっと屋敷内にいたのですよね？」

（温室と庭園は『屋敷内』に含まれるのかしら……）

パウラが答えられずに固まっていると、メイリーが代わりに「奥様はお庭と温室に足を運ばれました。その他は、図書室で過ごされています」と答えてくれてホッとする。

それに同意するつもりで、パウラは頷いた。

「そうでしたか」

「……」

温室で花を摘みました、と言おうとして口を開いたが、パウラは結局閉じてしまった。

レイブンとメイリーには花を摘んでいいかどうかは確認したけれども、あの時は気分が高揚していてオレゲールの好みの花を聞かずに、パウラの好みで花を選んでしまったのだ。就寝の妨げにならないような優しい香りの花ではあるけれど……

（オレゲール様が苦手な香りだったらどうしよう……）

花を摘んだ時には考えもしなかった問題点に今更気付いてしまい、パウラは内心慌てる。

オレゲールよりも先に寝室に行き、勝手に飾った花は一度片付けた方がいいのかもしれない。

パウラの浮き立っていた気持ちは少し冷静になり、それ以降は少食のパウラには多すぎる料理を、残してはいけないと一生懸命口に運んだ。

三、初めての夜を、やり直し

「少しレイブンと話をしてから上にあがりますので、申し訳ないですが先に寝室で待っていて下さいませんか？」

パウラは心苦しそうな顔をするオレゲールにこくりと頷いた。

（良かった……オレゲール様がいらっしゃる前に、お花を片付ける時間がありそう……）

「奥様、どちらへ？」

二階に上がり、真っ直ぐに夫婦の寝室へと向かうパウラに、一緒についてきたメイリーが声を掛けた。まだ着替えをすませていないパウラが寝室へ向かったことを不思議に思ったのだろう。パウラは手招きをして夫婦の寝室へ入室する。

（摘んでしまった花は折角だし……どこかに飾って貰おう）

寝室の天蓋《てんがい》ベッドのカーテンを開けると、枕の周りには庭で選んだ花々が色鮮やかに並び、パウラにとって心地好い香りに満ちていた。

「それは……折角奥様が時間を掛けて飾られたものなのに、もう引き下げてしまうのですか？」

メイリーに聞かれ、パウラは頷く。

「畏まりました。これらは急いでメイド達に片付けさせますから、奥様は私と共に私室へどうぞ」

パウラは頷き、花の片付けは使用人に任せることにした。

自室へ戻ると、何枚もの扇情的《せんじょうてき》な下着のセットがベッドの上にずらりと並んでおり、パウラは目をぱちくりとして足を止める。

「奥様、本日はこんな下着は如何でしょうか？」

けれども、下着を見せながら目を嬉々と輝かせて尋ねてくるメイリーに、パウラは微笑んだ。

何事もなかったように過ごしていた侍女達であるが、初夜《しょや》に新郎であるオレゲールの帰宅が遅かったことや、パウラの体調不良もありしばらく夫婦生活を営む機会がなかったことについて、実は心配してくれていたのだろうと想像がついたからだ。

普段は表情を動かさないパウラの微笑を見たメイリーやメイド達は、驚いて互いに顔を見合せ、頬を染める。そして、パウラがこくりと頷くのを見て、頬を紅潮させながら口々に捲し立てた。

「オレゲール様の好みがおわかりになりましたら、私達に遠慮なく申し付け下さいね！」

「私達が奥様を、よりオレゲール様好みにピッカピカに致しますので……！　勿論今のままでも、お美しいですけどっ!!」

その勢いに圧倒されながら、パウラはまたこくこくと頷く。

（……オレゲール様の好み……）

そうだ、花の好みは気になったのに、女性の好みや下着の好みは気にしたことがなかった、と思い至った。そこまで気にかけるほどの余裕がなかったからだ。

オレゲールの女性の好み……容姿に関してはヒロインが一番であるだろうし、そのことはもう頑張りようもないものだから仕方がない。

ただ、パウラとしては自分達が政略結婚なのだとしても、下着や化粧くらいはせめてオレゲールの好みに合わせたかった。

「今日はお時間が許される限り、入念にお手入れさせて頂きますね」

「………はい……」

小さく声を出して答えられたパウラは、オレゲールが二階へと足を運ぶ直前まで、身体の隅々まで磨かれ続けた。

「お待たせしてすみません」

準備を整えたパウラが先に夫婦の寝室のベッドの上で深呼吸を繰り返していると、オレゲールがやってきた。

けれどもオレゲールはベッドに近付くことなく、夫婦の寝室に備えてある酒棚に向かう。

「パウラ、少し一緒に飲みませんか？」

パウラはオレゲールの誘いに頷いた。

オレゲールはそれを確認すると、グラス二個と綺麗なラベルの貼られたお酒を取り出し、バルコニー手前のテーブルに置く。オレゲールが手にしたそのお酒はアルコール度数が低く、女性が好むことの多い甘いものだ。きっとパウラのために用意してくれたのだろう。

（明らかに……気を遣われてしまっているわ……）

恐らくオレゲールから見て可哀想に思ってしまうほど、ベッドの上のパウラは緊張によりガチガチに固まっているのが一目瞭然だったのだろう。

その緊張をほぐすためにオレゲールが誘ってくれたのだと理解はしているのだが、頷いたもののどうしていいのかわからず、パウラは縫い付けられたように、ベッドの上から動けずにいた。

「どうぞこちらへ。……パウラ？」

オレゲールが椅子を引いてそう促してくれても、腰が抜けてしまったようで、身体が思うように動かない。パウラがもたもたとしているとオレゲールが顔を覗かせる。

「大丈夫ですか？　……失礼しますね」

「！」

オレゲールはパウラをひょいと横抱きにすると、そのまま移動し椅子にちょこんと座らせた。

「……」

ありがとうございます、とか、ごめんなさい、とか、心の中では言えるのに、口は開けど喉から言葉が出てこない。そんなパウラの後ろに立ったまま、オレゲールは微笑んで言った。

「実は、私は今、緊張しています」

オレゲールがそう言ってくれて、パウラの肩の荷が下りる。一緒なのだ、と思ったからだ。

「……私も、です」

オレゲールのお陰で心に余裕が生まれ、パウラは今度こそなんとかそう言うことができた。

「では、一緒ですね。ところで、先ほどから気になっているのですが……何か、いい香りがしますね」

オレゲールがパウラを抱きかかえた時、パウラからふんわりと甘い芳香が漂ってくることに気付いたらしい。

オレゲールは目の前に座るパウラの首筋辺りに顔を寄せる。

その気配を背後で感じて、パウラの動悸《どうき》は激しくなり、耳元に熱が集まり、緊張で瞬きが増えた。

「……ベッドの方に、花を飾っていました」

それでも今度こそ、胸元を両手で押さえ深呼吸した後、なんとか答えることに成功する。

「今日、パウラが選んで摘んで下さったのですか？」

オレゲールの質問にパウラが頷いた。

「ありがとうございます、折角なので今見てきてもよろしいでしょうか？」

オレゲールがベッドの傍へ行こうとしたのでパウラは思わず、くい、とオレゲールのガウンの袖を引いた。オレゲールはその場に立ち止まる。

ガウンの袖を引いて止めたはいいが、パウラは困って首を傾げたまま俯き、言葉が出ない。

オレゲールは俯くパウラを急かすことなく、言葉が出ないパウラの代わりに自分から質問してくれた。

「……花を見るのは後にした方がよろしいでしょうか？　それとも、お酒を早く飲みたいですか？　準備させて頂いた私としては、どちらが先でも嬉しいことです」

パウラは首を振る。オレゲールがパウラのために用意してくれたお酒であれば嬉しく思う気持ちは当然あるが、オレゲールを止めた理由は別にあった。

「……？」

オレゲールは、まるでクイズに解答するが如く、うーん、と考える。

「……そういえば、先ほどパウラは花を飾って『いた』と返事をしましたね？　もしかして、花はもうないのでしょうか？」

パウラはオレゲールの頭の回転の速さに驚きながら、頷く。

「ベッドにいたパウラが香りを身に纏うほどの花を温室で摘んだのに、それを私に見せる前に引き下げたのですか？　……失礼、何か理由がありそうですので、これ以上の追及はやめましょう」

俯いたパウラの肩が落ちていることに気付いたのか、オレゲールはパウラの横にある椅子を引いて座った。

そして、お酒をグラスに注ぎながら「このお酒のアルコール度数はとても弱いですが、お酒は初めてですか？」とパウラに尋ねる。パウラが頷くと、「では、無理はしないで下さいね？」と微笑みながらグラスを渡してくれた。

「……改めて。私の妻になって頂き、ありがとうございます」

二人はグラスを持って、乾杯をした。

（私の方こそ……！　とても嬉しいです、ありがとうございます……）

パウラは、オレゲールの言葉にじん、と目頭を熱くする。口を開いては閉じ、開いては閉じ、結局首を振った。

それを優しい眼差しで眺めたオレゲールは、ゆっくりとした口調でお願いをする。

「結婚する前も言いましたが……私は、仕事ばかりで貴女に寂しい思いをさせるかもしれません。そんな時は、私を叱って頂けると有り難いです」

そう言いながら、テーブルに置かれたパウラのグラスを持っていない方の手の甲に、自分の手をそっと乗せる。パウラは、オレゲールのその仕草にビクッと肩を揺らした。

「そして、嫌な思いをした時も教えて頂けると助かります」

(わ、私の手にオレゲール様の手が……っ)

パウラは初めて、手に汗を掻く、という言葉を体感しながらこくんと頷いた。

オレゲールはそんなパウラの様子に満足そうな笑顔を浮かべながら、注いだ酒に口を付ける。

「私にはジュースとしか思えないお酒も、パウラと飲めるならば美味しく感じますね」

オレゲールは口付けたお酒の感想をそう述べながら、パウラの手を離して「パウラもどうぞ。気に入るといいですが」と勧める。

離れていった温もりを寂しく感じながらも頷いたパウラは、グラスを持ち直して、そっと口の中にお酒を流し込む。甘い香りと味がさらりと通過すると、少しの熱が後から口内に広がった。

(美味しい……)

初めてのお酒は想像以上に美味しくて、パウラはちょっとずつ何度かに分けて、けれどもグラス一杯を飲み干した。

◇◇◇

お酒を飲んだパウラは、オレゲールの望んだ通りにだいぶ緊張が解けていた。

しかし、少し開いた艶やかな唇にとろんと蕩けた潤んだ瞳、火照《ほて》った身体をもじもじとさせるパウラは強烈な色気を放ち、オレゲールは嫌でも自分の欲望が湧き上がるのを感じてしまう。

「パウラ……その、そろそろ私も限界がきそうです」

正直にパウラに告げると、パウラはなんのことかわからない様子で首を傾げる。

オレゲールはそんなパウラの手からグラスを取り上げ、顔を寄せて唇が触れるだけのキスをした。

オレゲールが顔を離しても、パウラはうっとりとした表情を浮かべ、急なキスにも嫌がる素振りは全く見せない。

「……ベッドへ……」

オレゲールはパウラの手を引き、ベッドまで誘《いざな》う。

少し足元はふらふらとしていたが、明らかに自らの意思でベッドまで向かったパウラは、言葉はなくとも嬉しそうに微笑んだ。

お酒の入ったパウラは普段よりだいぶ感情が顔に出るので、オレゲールはパウラの微笑みを受けて安心しつつも動揺した。眠っている時は何回か微笑んでくれたが、起きている時のパウラの微笑みは貴重なものである。

天蓋《てんがい》カーテンをさらりと持ち上げると、パウラからも香った先ほどの花の匂いが中からふんわりと漂う。

（この香りを嗅ぎながら寝るのも幸せそうですが、今は何よりも……）

パウラを抱きたい、愛したい。オレゲールははっきりとしたその衝動を懸命に抑える。

「……パウラ、今日こそ貴女を抱いても、よろしいでしょうか……？」

断られたらこの昂りはどうしたらいいものかと思いながら、それでもオレゲールは政略結婚で嫁いできた新婦の許可を求めた。

パウラは再び嬉しそうに笑い、頷く。

「では、失礼しますね」

パウラを愛しく思う気持ちが増していく中で、オレゲールは自らガウンを脱いで裸になると、次はパウラのガウンの結び目をそっと引いた。

◇◇◇

（……心臓が、口から飛び出してしまいそう……）

ばくばくばくと、パウラの心臓は早鐘のように鼓動を刻む。

肩からするりとガウンを落とされ、パウラの白い肌と身に纏う下着が露わになった。

その下着はぎりぎりお尻が隠れるくらいの裾丈で、透け感のあるブラックの生地で仕立てられていた。生地そのものはパウラの身体をふんわりと優しく包むが、その向こうに美しい身体とそのラインが透けて見える。細い肩紐がセクシーさを演出しながらも、胸元にリボン、裾にフリルがあしられて可愛らしさも備えており、その下着の下からチラリと少しだけ見えるセットのショーツにも、繊細なフリルがあしらわれていた。

「……パウラにとても、よく似合っています」

オレゲールは少し掠《かす》れた声で言い、そのままパウラを優しくベッドに寝かせながら、パウラの胸にそっと手を置いた。

寝てもなお、その乳房は綺麗なお椀形《わんがた》を維持しており、透けた黒い生地の向こうには可愛らしい乳首がその存在を主張していて、オレゲールはむしゃぶりつきたくなる衝動を必死に抑える。

羞恥《しゅうち》で瞳をぎゅっと閉じるパウラにもっと恥ずかしい思いをさせたくなるような、加虐的な感情も同時に押し込めた。

「痛くしないように善処致します……が、もし痛かったり嫌だったりしたら言って下さい」

オレゲールがそう言うと、緊張で何も言えないパウラは瞳を閉じたまま頷いた。

パウラの瞼《まぶた》にキスを落としたオレゲールは、そのまま吐息を漏らすパウラの薄く開いた唇を塞ぐ。

「……っ、ん……っ」

ただ重ねるだけのキスとは違い、熱を帯びたオレゲールの舌先がパウラの口内に忍び込む。パウラの閉じた睫毛《まつげ》がふるりと緊張に震える。

呼吸と鼓動が速まる中、パウラは自分の舌に絡みつくオレゲールの舌の愛撫《あいぶ》に、必死で応えた。

くちゃ、くちゃ、と粘着質《ねんちゃくしつ》な音が寝室に響き、パウラの耳を犯していく。

「は、ぁ……」

パウラの口内を堪能したオレゲールが口を離すと、無意識にとろんと蕩けるような表情で相手を誘うパウラがいた。

オレゲールは自らの欲望のまま、その舌と唇とで、パウラに愛撫《あいぶ》を施し始める。

「ああ、食べてしまいたいですね……どこを舐めても、甘く感じます……」

オレゲールはそう言うと、綺麗に清められたパウラの全身を……直接的な性感帯以外、首から始まり、耳も、鎖骨《さこつ》も、背中も、お臍も、足の指の間も、脇の下も、透けた生地ごと全て丁寧に時間をかけて味わい尽くした。

(そ、そんなところまで……？　でも、オレゲール様が望んでいるのだし……)

最初は身体に力を入れ戸惑っていたパウラも、最終的にはオレゲールになら何をされてもいいとその身を捧げ、オレゲールに身体中を隈なく愛でさせた。

「はぁ……ぁ……」

途中からパウラの息はあがり、いつしかオレゲールの手や舌が動く度に、秘処《ひしょ》からとろとろと悦びの蜜を溢れさせる。

パウラは自分の身体の反応が何を示しているのか、全くわからなかった。ただ、オレゲールの眼差しと、その優しい手と唇が気持ち良くて、身を委ねるばかりだ。

「ああ、すみません。夢中で気付きませんでした」

ひたすら丹念にパウラを味見していたオレゲールは、黒く透けた下着はそのままに、愛液にまみれたショーツだけを漸《よう》く脱がせた。

ショーツと蜜口《みつぐち》との間に銀の糸が引き、光を反射して淫《みだ》らに輝く。

その時、ショーツの中心にスリットが入っていることに気付いたオレゲールは、そこを開いてパウラに見せつけながら言う。

「脱がせずとも、着せたまま舐めることができたようですね。とても淫《みだ》らで素敵ですが……こうして直に見られるのも、やはり堪りませんね」

「……っ」

パウラはオレゲールの視線が自分の秘処《ひしょ》に釘付けになっていることに気付いて、思わずまだ身につけていた薄く黒い下着の裾を持って下に伸ばしながら、細い指を重ねてそこを隠した。

(は、恥ずかしい……)

羞恥心《しゅうちしん》で、パウラの体温が上がる。

「綺麗ですよ、パウラ。どうか隠さないで下さい」

(そんな……)

けれどもオレゲールに乞うように言われ、パウラは真っ赤にさせた顔を横に背けながら意を決して、そろ、と割れ目から手を離した。

「パウラが感じて下さって、とても嬉しいです」

オレゲールは黒い下着の生地を捲り上げると、たっぷりと潤ったパウラの蜜壺《みつつぼ》に顔を寄せる。そして、音を立ててその蜜《ジュース》を啜った。

「あ……っ、そんな、ところ……」

(いくら洗っていても、そこは……！)

どうしても抵抗感のあるパウラはオレゲールの行いをやめさせようと手を伸ばしたが、その手はオレゲールの手にそのまま搦《から》め取られる。

指と指を搦《から》めて、きゅ、と優しく握れば、お互いの掌が熱を分け合った。

これからの二人の人生も喜びや幸せをこうして分け合い、重なっていくような気がして、パウラの胸がきゅうと締め付けられる。

「大切に扱いますから、どうか、沢山感じて下さい」

「あぁっ……！」

オレゲールは、パウラと両手を握り合ったまま、膣襞を割り開くように舌を差し込んだ。蜜口《みつぐち》をなぞるように行ったり来たりした舌先は、そのまま割れ目の先まで潜り込み丹念に舐め尽くす。

「あ、はぁん……っっ」

蜜口《みつぐち》を舌で解されたパウラは、手をオレゲールと繋いでいることもあり、自分の口から甘い吐息と嬌声《きょうせい》が漏れるのを止められない。

刺激を受けたパウラの蜜壺《みつつぼ》がとろとろと再び潤いを湛え始めると、オレゲールは一度そこから口を離し、蜜で濡れた自分の唇をぺろりと舐めた。

「指を挿入《いれ》しますね」

オレゲールは繋いでいたパウラの片手の甲にキスをすると、その手を名残惜しそうに離して、中指を一本、ゆっくりとその泥濘《ぬかるみ》に沈ませていく。

「んっ……」

「痛いですか？」

パウラは感じたことのない違和感を上手く処理することができないまま、それでもオレゲールの問いには首を振った。

目をぎゅっと瞑《つむ》り、頬を染めてその慣れない刺激に耐えようとするパウラの反応を、オレゲールは下から覗き込むようにしてつぶさに見極めながら、蜜壺《みつつぼ》に埋めた指先で膣壁を探る。

「あぁ……っ、んっ……」

浅いところで出し入れしていた指が馴染んだことを確認すると、オレゲールは蜜壺《みつつぼ》に埋めた指を軽く折り曲げた。そのまま膣壁を軽く撫でたり引っ掻いたりするように動かせば、パウラの膣はわかりやすくオレゲールの指をきゅうきゅうと締め付ける。

続いて膣壁を広げるよう、指の付け根を軸にして、真っ直ぐに伸ばして挿入した指を前後に動かした。くちゃ、くちゃ、という蜜壺《みつつぼ》が掻き回される卑猥《ひわい》な水音が寝室に響いて、パウラの恥じらう様子にオレゲールの感情は否応なしに昂った。

オレゲールはパウラの蜜壺《みつつぼ》に指を埋めたまま再び口を寄せ、今度は少し上の突起を根元から何度も舐め上げる。

「あんっ……、ふ、ぅん……っっ」

オレゲールの舌がパウラの突起を弾く度、パウラの身体も自然とびくんと震えた。パウラは、オレゲールと繋いでいない方の手で必死に自分の口元を押さえるが、それでも嬌声《きょうせい》が漏れないことはなかった。

「まだ小さく、可愛らしい大きさですね……」

オレゲールが愛しさを滲ませた声で囁きながら、パウラの突起全体を口内に含み、その先端を舌で上下に弾く。

「んんっっ……」

「わかりますか？　ここを可愛がる度、パウラの蜜壺《みつつぼ》がぱくぱくと物欲しそうに動くのですよ」

パウラは首を振る。けれども、確かに指を埋められた場所に意識を集中させれば、突起を弄《いじ》られる度に膣口はひくついていて、愛液を流しながらオレゲールの指に絡みついた。

気付けば蜜壺《みつつぼ》に出入りする指は二本に増やされており、じゅぽ、じゅぽと更に水量を増した水音に変化している。

しばらくそのまま突起を堪能したオレゲールだったが、やがてそこから口を離すと、指を蜜壺《みつつぼ》に埋めたまま、パウラに覆い被さった。そして、美味しそうに勃《た》ち上がったパウラの乳首に欲望の赴くまま、今度こそ黒く透けた下着ごとむしゃぶりつく。

「……おや、この下着も乳首を責めやすくていいですね」

「!?」

下着越しにパウラの胸を愛でていたオレゲールだったが、丁度乳房に当たる場所の生地の真ん中に縦方向へスリットが入っていることに気付き、そこから乳首だけを露出させた。

「……あっ……ぁんっ……」

パウラは背を反らしてその直接的な刺激から逃れようとしたが、むしろオレゲールに胸の頂《いただき》を差し出す形となり、敏感に勃《た》ち上がった先端をそのまま好き勝手に弄《いじ》られる結果となった。

オレゲールの愛撫《あいぶ》を受けて、寡黙で沈黙を守る令嬢パウラが堪らず喘《あえ》ぎはじめる。オレゲールはそれに味を占めて、更にパウラを悶えさせることに集中する。

（……こんなこと初めてなのに……凄く気持ちいい……）

オレゲールに触られたところが熱を持ち、パウラの身も心も温まっていくようだった。

与えられるその温かさは、悪役令嬢という立場でいずれ来る死をずっと恐れていたパウラにとって、乱されながらも確かにここにいていいのだと安心させてくれるような、そんな、心を溶かしていく温かさだ。

「そろそろ、直に身体を触らせて下さい」

オレゲールは一度指を抜き、太腿《ふともも》からするりと掌を差し入れそのまま上に持ち上げるようにして、パウラが唯一身に纏っていた心許ない薄く黒い下着をするりと脱がせる。

「寒くないですか？」

とうとう裸にされ、羞恥《しゅうち》と緊張でふるりと震えたパウラは、オレゲールの言葉に頷いた。

「……オレゲール、様」

そしてそのまま、少し距離の離れたオレゲールの首に両手を伸ばし、オレゲールを引き寄せて自分の顔が見えないように抱きしめた。

「パウラ……本当に、貴女の全てが美しくて、愛しいです」

パウラの愛らしい仕草に胸を震わせながら、オレゲールは恥ずかしがる新妻《にいづま》と再び熱い口付けを交わす。

「ん、ふ……ぁ……」

丹念に口内を弄《いじ》れば、瞳を閉じたパウラは徐々に身体の強張りを解き、オレゲールの首に回していた手は、ぽすんと自分の身体の横、ベッドの上に落ちた。

オレゲールは口付けをやめて、もう一度パウラの蜜壺《みつつぼ》に二本の指を差し入れる。潤いきったその場所は難なくオレゲールの指を呑み込み、刺激を欲しがってきゅうきゅうと蠢《うごめ》く。

指を巧みに動かし中を探りながら、オレゲールはパウラの足の間に自分の上体を入れると、再び秘豆の攻略に取り掛かった。

ぷっくり膨らみ、ぷるぷる震える秘豆を口内に取り込み、根元の方をくるりくるりと舌で愛でながら唾液《だえき》をたっぷりまぶし、頂《いただき》を舌全体で何度か押し潰すように愛撫《あいぶ》する。押された突起はこり、こり、と自ら逃げ場を探すように左右に動き、オレゲールはしばらくその動きを楽しんだ。その後、左右に逃げないよう全体を覆うように優しく吸い付いて、その上で先端だけを舌で左右に弾いた。

パウラの反応は上々で、腰がガクガクと揺れはじめ、膣はひくひくと蠢《うごめ》き出し、膣内に埋めた指を締め上げる。

「あ……っ、あ、ん……！」

パウラは未知の感覚に多少の恐れを抱きつつも、オレゲールの丁寧な愛撫《あいぶ》によって少しずつ心を解いていく。

蜜壺《みつつぼ》に埋めていない方のオレゲールの手が伸びて、パウラの形のいい胸を何度も優しく揉みしだき、張り詰めた先端を摘まんではその根元をくりくりと扱く。

やがてパウラの全身はしっとりとした汗を滲ませる。

そして、オレゲールが指や舌で触れる度に火照《ほて》った身体がびくつき、蜜壺《みつつぼ》は絶え間なくひくひくと蠢《うごめ》き疼《うず》くようになった頃。

「……パウラ、そろそろ挿入《いれ》てもいいでしょうか……？」

オレゲールがそう言って乞うと、パウラは喘《あえ》いだまま、胸を揉んでいたオレゲールの手を自分の口元に持っていき……応じる意味でその手の甲にキスをした。

「パウラ……ッ」

可愛らしい新婦の精一杯の応えに、限界を迎えていたオレゲールの欲望はまた一際膨張した。

オレゲールはパウラの蜜壺《みつつぼ》から指を引き抜き、パウラの両足をはしたない角度にしっかりと割り開いて、自分の腰をその中心に合わせて滑り込ませる。

これ以上待つ余裕なんてとうになく、オレゲールは指の代わりにひたり、と凶悪なまでに大きくなった肉棒をパウラの蜜壺《みつつぼ》に押し当てた。

パウラの愛液を肉棒の先端でくちゃくちゃとかき混ぜた後、少しだけ勢いをつけて、パウラの膣《な》内《か》へ侵入を試みる。

「あうっ……ん、ふぅ、ん……っっ」

パウラの少し苦しそうな声で、オレゲールは肉棒の半ばまで突き入れた腰を一旦止めた。

「パウラ、大丈夫ですか？」

オレゲールが聞けば、パウラは眉間《みけん》に皺を寄せたまま、こくこくと頷く。

あまり大丈夫ではなさそうだと判断したオレゲールは、ゆっくりとした抽送《ちゅうそう》を繰り返しながら、徐々に膣奥へ進ませる方法に切り替えた。

オレゲールの視界の先、いやらしい音を奏でるパウラの蜜壺《みつつぼ》に自分の肉棒が埋まっていく。

堪らなく癖になりそうなその光景に、毎日でも……いや、一日に何回でも見たいとオレゲールは思った。

「ひぅっ……、は、ぁ、んはぁ……っっ」

オレゲールの肉棒が与える圧迫感と痛みから無意識に逃げようとするパウラの腰をしっかりと押さえ込みながら、オレゲールはやっと自分の肉棒をパウラの中へ、完全に埋めることに成功した。

パウラの襞《ひだ》が肉竿に絡み付き、オレゲールは最高の快感に酔いしれる。

「パウラ……、貴女の中に、私のものが全て埋まりましたよ。触って確認して下さいますか？」

オレゲールがそう言うと、パウラは素直に頷いて、シーツを握りしめていた手をそっと開くと、その手を自分の股の間までそろそろと移動させる。

「……」

（凄い……こんなに太いものが、私の膣内《なか》に全て入るなんて……）

パウラの細い指先がオレゲールの根元をつつつ……と撫でた。

その刺激を受けて、パウラの中に収められた肉棒がまたぐっと一回り太くなった。

「!!」

なにが起こったのだろう。

ぐりり、と最奥を圧されてパウラは身体を捩る。

「ぁん！」

捩ったタイミングでぷっくり膨らんだ秘豆がオレゲールの身体との間でぐにゅりと潰され、それが快感となってパウラを襲った。止まることがない快感の波に、パウラは溺れないようにするので精一杯だ。

「……直ぐに動かしては痛いと思いますので、一先ず馴染むまでパウラの可愛らしい陰核《ここ》を触りましょうか」

オレゲールはそう宣言すると、パウラが頷く前にピンと尖って主張する秘豆を、愛液をたっぷり纏った親指でくるりくるりと撫で回す。あまりに強い刺激に、パウラは嬌声《きょうせい》を抑えることができない。

「……！　ひ、はぁん……っっ」

「パウラの身体は優秀ですね……」

(そこを弄《いじ》られると……どうしようもなく、気持ち良くて……身体が勝手に揺れてしまう……)

「沈黙の公爵令嬢がこんなに欲しがりやで、可愛らしいなんて……嬉しい誤算ですね」

オレゲールはそう言いながら、パウラの両胸の乳首を摘まみ揉みしだいた。その度に、パウラは艶《つや》めいた声をあげ、蜜壺《みつつぼ》は収縮を繰り返す。

「私が動くとまだ痛いかもしれませんので、この突起を擦り付けるように、パウラが腰を振って下さると嬉しいのですが」

オレゲールがにっこり笑ってパウラに催促する。

（私が……？　どうすればいいのかしら……）

パウラは覚束《おぼつか》ないながらも、ゆっくりとオレゲールの下で腰を揺すり出した。

「そうです、もっと気持ち良くなるように、私の身体に擦り付けて……」

（こう……？　ああ、気持ち、いい……っ）

「いいですよ、とても上手に動けています」

刺激を追い求めることに少しずつ慣れていったパウラは、やがてオレゲールが煽らなくても自ら快楽を求めて腰を振り出した。そうしているうち、恥ずかしさは徐々に消えていき……ただ、オレゲールと一緒に快感を分かち合う。

痛みから遠ざかった様子を確認したオレゲールは胸への愛撫《あいぶ》を止め、パウラの腰を少し浮かせるようにして掴むと、本格的に抽送《ちゅうそう》を開始した。

「ぁんっ!!　ぁあっ……!!」

「凄いですよパウラ……貴女が私を受け入れて下さっているのがよくわかります……最高の締めつけ具合です……!!」

激しく腰を振りだしたオレゲールに、パウラは翻弄《ほんろう》される。

（痛くない……っ、気持ちいい、すごく気持ちいい……っ）

オレゲールの熱に貫かれて、身体を内側から溶かされるような快楽が、容赦なくパウラに襲いかかった。

けれどもそれは、パウラだけではなかったようで。

「すみません、パウラ……！　貴女の膣内《なか》が良すぎて、直ぐに達してしまいそうです……!!」

オレゲールが吠えるように叫び、そしてパウラの膣奥へ大量の子種を吐き出す。

(身体の中が……あったかい……)

「……はぁ、はぁ……」

オレゲールが自分の膣内で果てたことを、パウラは殊更《ことさら》嬉しく感じた。

内側からみっちりと押し広げていたオレゲールの肉棒が引き抜かれ、パウラは思わず喘《あえ》ぐ。

「んっ……」

明らかに、痛みよりも快感が走ってパウラは動揺する。

(初めてだったのに……凄く、気持ち良かった……)

オレゲールへの恋慕《れんぼ》で脳がそう感じさせるのか、それとも丁寧にパウラのペースで行為《こと》をすませてくれたオレゲールのお陰なのか。恐らく両方だろうと、パウラはぼんやり思う。

(でも……)

オレゲールがパウラの膣内に放ったのだから、もうお終いだとわかってはいる。

それなのに、パウラの蜜壷《みつつぼ》は既にオレゲールを欲しがって疼《うず》いているのがわかった。

(私は、なんてはしたない女なのかしら……)

パウラは身を清めるために上体を起こしながら、そんな自分が浅ましく思えて、オレゲールに背を向けて俯く。そんなパウラの様子に気付いたのかはわからないが、オレゲールはパウラを包み込むように後ろからそっと抱き締めた。

「パウラ……身体は大丈夫でしたか？」

オレゲールの問いに、パウラは頷いた。そして、赤面する。

（……あ……）

正座をするパウラのお尻に、ごりごりとした固いものが押し付けられていたからだ。

「すみません、私ばかり先に達してしまって、パウラを気持ち良くさせることができませんでした」

パウラの髪を一房掬い、そこに懺悔《ざんげ》するようにオレゲールは口付けを落とす。

パウラはそんなことない、という意味で慌てて首を振った。

「可能であれば、私にもう一度チャンスを頂けませんか？」

（え……？）

オレゲールの手が後ろから伸び、乳首を刺激されてパウラは思わず嬌声《きょうせい》を漏らす。

「はぁん……っ」

オレゲールがもう片方の手でパウラの顔を後ろに向かせ、そのままキスを乞う。

唇を何度か合わせると、オレゲールは「少し口を開いて……」とパウラに懇願《こんがん》し、パウラはその言葉に従った。

「んんっ……、ん……」

薄く開いたパウラの口に、オレゲールは自分の舌先を捩じ込み、パウラの口内を思うままに犯す。

パウラの舌に自分のそれを絡ませながら、同時にパウラの乳首を両手できゅうと摘まむと強めに引っ張った。

「っ」

強烈な刺激に、パウラは慌てる。

(痛いのに、気持ちいい。この感覚はいったいなんなのだろう)

股の間から、トロリと精液以外のもの……愛液が溢れたのを感じた。

しばらく激しい口付けを交わしながら、パウラは乳房を下から鷲掴みされつつ、乳首だけクリクリと親指と人差し指で摘ままれる。

「……ぁ。ぁあ……っっ」

オレゲールの口が離れると、パウラは喘《あえ》いだ。

パウラの中が動いて、これ以上の刺激を求めているのがわかる。

息の上がるパウラを、やがてオレゲールは自分の方へと完全に押し倒し、そのまま覆い被さる。

「……っっ!!」

横になったパウラの目の前に、オレゲールの欲望が差し出された。

赤黒く、どくどくと脈打つそれは太く逞しい。指先で触れるのと直接目にするのとではまた違い、先ほどまでこんな大きなものが自分の中に入っていたのかと、パウラは改めて驚愕《きょうがく》に目を見開いた。

「パウラ、私のものも少し触って頂けますか？」

「……は、ぃ」

オレゲールに乞われるがまま、目の前に突き出されたオレゲールの欲望を、パウラはそっと小さな掌で包む。先端には透明な液体がじんわり浮かんで、今にもパウラの頬に垂れてきそうだ。

（これを……どうすればいいのかしら……）

「パウラ、液体を手につけて、掌全体で握って上下に動かして下さい」

パウラは頷いた。言われた通りに触れようとした、その時。

「……あ、ん……っっ!!」

先にオレゲールがパウラの秘豆と蜜壺《みつつぼ》に本格的な愛撫《あいぶ》を仕掛け、パウラは自分を襲う衝撃に耐えることで精一杯となり、自分の手元に集中できない。

「パウラ、手がお留守になっていますよ？」

そう言いながらも、オレゲールはパウラへの責めを一切緩めなかった。

元々、パウラには自分の欲望を認識させるだけのつもりで、奉仕を求めるつもりはなかったからだ。

見せつけたのは、自分の身体にこれが埋まるのだと想像させたかったから。誰のどんな欲望を受け入れているのか、わからせたかったから。

先ほどはオレゲールだけ達してしまったので、今度こそパウラが達してくれれば上出来だと考えつつ、性技に長けている訳でもないオレゲールはひたすら丁寧なタッチでパウラを可愛がる。

「……あっ……、はぁ……」

パウラの両足をしっかりと開かせて、オレゲールはその綺麗な恥部《ちぶ》を観察しながら何度も秘豆を舐め上げた。

「ひゃ……っっ」

強い刺激にパウラが腰を揺らし、再び愛液が滴り流れた。

オレゲールの願いが通じたのか、先ほどからパウラの反応は大層敏感で、もう直ぐで達するのではないかと思える、とても好ましい状態だった。

「ああ……パウラはどこもかしこも、美しいですね……」

少し肉厚の艶やかに濡れる襞は咥えたくなる。

際限なく涌き上がる蜜は舐め啜りたくなる。

開いて閉じてを繰り返す蜜壺《みつつぼ》には欲望を埋めたくなる。

ぷくっと膨れた秘豆は吸い付きたくなる。

パウラの身体全てがオレゲールを誘っているように見えて、オレゲールは凶悪なまでの性欲を自分が内包していたことに気付いて驚いた。

情熱的だがどこか冷静なオレゲールとは裏腹に、パウラは今まで以上に強い刺激と未知の感覚に悶えていた。オレゲールの舌が触れる度に、パウラの足には力が入る。爪先までピンと伸び、背中は反り上がろうとしている。パウラは制御できない自分の身体を恐れつつも、オレゲールが与える快感を必死に受け止めていた。

「ひ、ぁ、あ……っっ」

「パウラ、達けそうですか？」

パウラは首を振る。漏らしてしまいそうな初めての感覚が怖い。こんな感覚は、知らない。

「パウラ、怖くないですよ。何か出そうならば出して下さい」

「そうです、気持ちいいところだけを意識して」

「いいですね、もう少しです」

オレゲールの優しい誘導に、パウラは徐々に警戒を解いて快感を追った。

（……何か、何かきてしまいそう……!!）

パウラがそう感じた時、オレゲールはすりすりと下から上に擦っていた秘豆を、強めの力でぎゅうと摘まんだ。

「あああっ……!!」

その刺激にパウラの視界は真っ白になり、堪らず弾け飛ぶ。

パウラはそのまま身体をびくびくと震わせ、オレゲールの身体を押して、赤ちゃんのように丸く縮こまった。

「イけましたね」

オレゲールに頭を撫でられ、パウラは潤んだ瞳でオレゲールを見る。

（今のが……？　なんだか、凄かった……）

余韻《よいん》に浸っているパウラを見つめながら、オレゲールは微笑んだ。

「パウラが気持ち良くなれてよかったです。ですが、本当に気持ちいいのは中での絶頂らしいですから、今の感覚をしっかり覚えてから、また挑戦しましょうね」

(今のでも十分凄かったのに……もっと……？)

パウラはごくんと唾を飲んで、こくりと頷いた。

「では、そろそろ私も挿入《い》《れ》させて頂きますね」

オレゲールはパウラをころんとうつ伏せに転がすと、自分の欲望を捩じ込んだ。

「……まだ二回目だというのに、パウラは私をしっかりと受け入れてくれていますね……本当に嬉しいです」

オレゲールは、中を押し広げた時の抵抗を楽しみ、その締め付けに我慢ならずピストンを開始する。

腰を叩き付ける乾いた音と、パウラの愛液がオレゲールの肉棒にかき混ぜられる水音が夫婦の寝室に響き渡る。淫靡《いんび》な匂いが二人の興奮をかき立て、花の香りが二人に充足感を与えた。

二人が交ざり合い、溶け合い、融合したかのような一体感。

(オレゲール様……好きです……)

オレゲールに後ろから獣のように求められ、パウラは喜悦《きえつ》に涙を浮かべながら心の中で呟いた。

「オレゲール様……好きです……」

ところがその言葉は、実際呟いていて、それは一心不乱に腰を振るオレゲールの耳にも届いていた。

「私もです、パウラ。貴女が好きです……っ」

一層動きが激しくなり、パウラはオレゲールに、オレゲールはパウラに翻弄《ほんろう》される。以前はっきりと自覚した、好きだという気持ちが、溢れ出して止まらない。

「ひぁっ。ぁん!!　ぁあんっ……!!」

「パウラ、パウラ……!!」

オレゲールはパウラの最奥に熱を吐き出した。

重なったまま二人で息を整え、やがてオレゲールはうつ伏せになったパウラの上から移動する。

「パウラ……」

オレゲールはパウラの顔に手を伸ばし、瞼《まぶた》を閉じたパウラの唇にキスをした。

(上手くできたかどうかはわからないけれど……二度も私の身体を愛して頂けた……嬉しい……)

これで自分の夜の務めは終わったのだと安堵《あんど》したパウラに、急激な睡魔が襲い掛かる。

公爵令嬢のパウラは早寝早起きを実践し続けていた人間で、バラーダ伯爵家に来るまで夜更かしをしたことがなかった。そして今日、初めてお酒を飲んだ。

この二つの要因が重なり、眠気に襲われたパウラはそのまま意識を手放したのだった。

◇◇◇

オレゲールは、すっかり寝入ってしまったパウラの頬を優しく撫でながら一人微笑む。

自分だけ達して終わったかと思った営みは、パウラが二回目を受け入れてくれたお陰で、なんとか満足いくものになった。課題はあるものの、結果として上々だろう。

パウラの身体は、汗や唾液《だえき》でベタベタしていた。

このままにしては再び風邪をひくのではないか。ともかく、風呂には入れずとも身体くらいは拭うべきだ。

そう判断したオレゲールは、寝入るパウラに声を掛けた。

「パウラ、このままだと風邪をひいてしまうかもしれません……ちょっと拭きますね」

「……はい……お気遣いありがとうございます……」

すっかり寝入ったはずのパウラから、今日も返事があった。

オレゲールは、パウラは本来寡黙なのではなくて、心の中はおしゃべりなのかもしれないと推測している。夕飯の時も、パウラは何か言おうとしてやめるといったことが何度かあった。寝室の花について尋ねた時も同様に。

もしかするとパウラは、口を開かないのではなく開けないのではないか……何かしらの抑圧を受けているとか。そして、寝言だったら本音がポロリと出るのではないか。

オレゲールはそう考えながら、パウラの身体を侍女が用意していた蒸しタオルで拭った。

そして、パウラにふわふわのガウンを羽織らせながら呟いた。

「我が家はお気に召しましたか？」

パウラの生家である公爵家と比べれば、バラーダ伯爵家は一回り以上小さな邸宅《ていたく》だ。パウラには物足りないかもしれないがせめて愛着が湧くようにと、温室、庭園、図書室は外部の専門家に依頼して一新させていた。

「……はい、とても」

寝息の合間に、パウラは答える。

「どこか気になるところ、気に入ったところはございましたか？」

「……庭園が……とても素敵でした……」

この国で最近勢いのある庭園設計士に依頼した甲斐があった、とパウラの言葉にオレゲールは満足する。まだ若い男で女性関係が派手らしいが、その美貌《びぼう》と腕前で貴族達から気に入られているという設計士をわざわざ紹介して貰ったのだ。

ただ、パウラは庭より温室が好きだと聞いていたので、少し意外だった。

ガウンを着せたパウラの上にそっと掛布をのせて、オレゲールもその横に滑り込む。

「温室は如何でしたか？」

温室も、同じ男の設計だ。

「……温室は……この辺ではとても珍しい植物が育てられていました……そして沢山の花が咲き誇っているという意味ではとても素晴らしい……摘むことには困らないところでしたが……」

パウラはそこで一度言い淀んだが、頭を撫でて急かすことなく先を促すことで、本音を漏らした。

「……少し、派手でした……お花がのびのびしていないようで……」

普段無表情なパウラが、その眉毛を下げ、悲しそうな表情を作る。

「……！」

哀愁《あいしゅう》に満ちた顔とはいえ、初めて見たそのパウラの豊かな表情に、オレゲールは胸を熱くする。

もっと彼女の色んな表情を見てみたい、と心から思った。

「私に温室や庭のことはわかりませんが……今度、設計士を呼んでみましょうか？」

「……とても魅力的なご提案ですが……私は、上手くお話しできませんから……」

パウラは顔を一度輝かせた後、直ぐに諦めようとした。

「では、パウラの話を聞いて貰うのではなく、設計士の意図を聞くだけ、というのはどうでしょうか？　彼は様々な貴族の庭を手掛けているそうなので、もしかしたら今まで手掛けた庭園の話も聞けるかもしれませんよ？」

話しながら、我ながらいい案かもしれない、とオレゲールは考えた。一日予定もなく暇を弄ぶより、本人が興味を惹かれるものに触れていれば楽しい時間を過ごせるだろうと。

「……それなら、とても楽しそうです……」

オレゲールの提案に、パウラは少し表情を緩めて喜んでくれたように見えた。

「では、そのように手配致しましょう。そういえば、温室でパウラが摘んで下さった花は、何故寝室から下げてしまったのでしょうか？　とてもいい香りでしたが……」

「……オレゲール様に、心地好い睡眠をとって頂きたくて……摘んだのですが……」

自分のためだと知ったオレゲールはパウラにキスをしたくなったが、ここは我慢して話に耳を傾け続ける。

「……オレゲール様のお好きな花か……お好きな香りかどうか……確認せずに飾ってしまい……慌てて片付けました……」

確かに。貴族にとって花は重要なものである。例えば家門に使われている植物は特別なものであるし、家門ごとにタブーとされている植物も存在する。

タブーの内容も「屋敷に持ち込んではいけない」であればわかりやすいが、花によっては「観賞するのはいいが摘んではいけない」だの、「摘んでもいいが屋敷内には飾らない」だの、その屋敷ごとに独自のルールが存在する。

とはいえこれは、最近では重要視されなくなったマナーで、今の時代は好き好きに花を楽しむという文化が主流となった。それでもこよなく花を愛する人こそ、このマナーを守ることで相手を思いやると聞いていたが、パウラも該当するようだ。

花が好きなパウラらしい、とオレゲールの胸に愛しさが込み上げる。

「お気遣いありがとうございます。私にとって良くも悪くも特別な花はございませんので、パウラが摘んで下さるならなんでも喜びますよ」

オレゲールがそう伝えると、パウラはホッとしたような表情になる。

「……はい……ありがとうございます……」

「パウラが選んだ花を見たいので、次は是非そのままにして下さいね」

パウラは今度こそ、柔らかく微笑んだ。

「……はい、喜んで……」

オレゲールは、パウラの微笑みに魅了《みりょう》されその美貌《びぼう》にしばらく魅入ったが、そろそろ寝なければ明日の仕事に差し支えると考え、瞳を閉じた。

そうでもしないと、パウラを眺めたまま夜が明けてしまう。初夜《しょや》のように。

けれども、パウラの本音が聞けるのは今のうち。

オレゲールはこれで最後、と決めて質問をする。

「……他に、ここで過ごしていて何か感じたことはありますか？」

「……朝……」

「朝？」

「……朝、オレゲール様をきちんとお見送りしていないことが心残りです……」

そう言われると、パウラにきちんと見送りをしてもらったことはない。とは言っても、ここ一週間パウラは体調不良で、一方的に毎朝顔を見に行くだけでオレゲールは満足していた。

入籍日翌日に至っては、パウラを眺めたまま夜が明け、パウラを眺めたまま寝室で軽食を摂り、パウラが目覚めるまでその寝顔を見つめ、パウラが起きたらさっさと仕事に行ってしまった。

オレゲールの今までの起床時間にパウラが合わせるのは大変だろうから、まずはオレゲールが始業に間に合う程度の時間に出立するよう変えるのがいいだろう。

決してパウラが寝坊している訳ではなく、オレゲールが仕事場に出立するのが普段から早すぎるだけで、パウラと一緒に朝食を摂ったとしても、始業の時間には十分間に合うのだ。

「ありがとうございます、パウラ。では明日は、一緒に朝食を摂って、私の出立を見送って頂けますか？」

オレゲールがそうお願いすると、パウラは嬉しそうにふにゃ、と笑った。

「……はい、そうして頂けると、とても嬉しいです……」

何度目かわからないパウラへの愛しさがオレゲールの胸にこみ上げ、オレゲールは多幸感に包まれた。この無防備なパウラの笑顔を、どれだけの人間が目にしただろうか。

「ではお休みなさい、パウラ」

「……お休みなさい、オレゲール様……」

微動だにしなかったパウラが、オレゲールの方にすり、と寄ってくる。オレゲールはその美しく小さな身体を抱き締めたまま、久しぶりに深い眠りに落ちていった。

◇◇◇

「……行ってらっしゃいませ、オレゲール様」

上手く紡げなかった言葉を、その日はすらすらと紡ぐことができて、パウラは内心喜んだ。朝食を食べながら、一生懸命練習していた成果が出たというものだ。

「行って来ます、パウラ」

オレゲールは、周りの使用人達がいるにもかかわらず、パウラの頬にキスを落として出勤した。

「奥様のお陰で、やっとオレゲール様が人間らしい生活を送られるようになってきましたね」

レイブンが嬉しそうにパウラへ感謝を述べた。

オレゲールの目の下の隈は相変わらずに見えたが、彼が言うには、オレゲールが宰相《さいしょう》の職に就いてから、こんなにゆっくりした朝を迎えるのは初めてらしい。

「オレゲール様は、通常より若くして宰相《さいしょう》職に就いてしまわれましたから……」

レイブンの言葉にパウラは頷く。

若いからといって馬鹿にされないように、オレゲールは常に気を張って完璧な仕事をするよう心掛けてきた。オレゲールは「知識の宰相《さいしょう》」などと巷《ちまた》で呼ばれているが、天才ではない。だから、勤勉に努力を重ね、その能力が認められた後も必死で仕事に励んでいるのだ。

もう少し周りの能力も信じ、人に仕事を任せられるようになれば、オレゲールの負担は減るはずだった。ただ、それができない性格だっただけで。

「奥様、本日は如何されますか？　オレゲール様から、奥様が望むなら外出しても構わないと仰せつかっておりますが、外にお出になられますか？」

パウラは少し考えて、首を横に振った。

「畏まりました」

折角の提案を断っても、伯爵家の使用人達は態度を変えずににこやかに語り掛けてくれる。

どうやら、パウラに外出して貰った方が使用人達にとって都合がいいといった訳ではなかったらしく、パウラはホッとした。

パウラはその日、目新しく楽しい本が並んだ図書室で、夢中になって読書に没頭した。

昨日よりは遅く、けれども以前よりだいぶ早く帰宅したオレゲールが風呂をすませて寝室に入ると、パウラは少し緊張しながらも、天蓋《てんがい》カーテンを自ら持ち上げ、枕元の空いたスペースに飾った花を見せた。

昨日は慌てて片付けてしまったけれども、パウラが選んだ花ならオレゲールは怒らず受け入れてくれるという確信が、何故か今日はあったからだ。

「素敵な組み合わせですね」

柑橘系《かんきつけい》の香りは抑え気味に、そして昨日と同じ甘い香りがメインに、幾つかの花々が綺麗にリボンで纏められ、飾られている。

温室で育てられている花はどれも見た目が華美で大きなものが多かったが、パウラはその中でも控え目で、お互いの香りを打ち消さない相性のいい組み合わせを纏めていた。

花を褒められ耳元を赤くして内心喜んでいる妻の様子を、オレゲールは目を細め、愛情に満ちた眼差しで見る。そして、「パウラもこちらへ」とさりげなく立ったままのパウラをベッドの上に誘った。

どきどきしながらベッドに上がったパウラをすっぽりと後ろから抱き締め、しばらく一緒に花の香りを楽しみながら、オレゲールは囁く。

「花の香りに包まれて、今夜はいい気分でぐっすり眠れそうです。ありがとうございます、パウラ」

「いいえ……喜んで頂けて、嬉しいです……」

オレゲールに耳元で囁かれると、そこからぞくぞくとした痺れが走る。パウラがそれにじっと耐えていると、オレゲールはパウラの首筋にキスを落とした。

「今日はパウラの笑顔を見たと、侍女と一部のメイドが話して盛り上がっていたようですよ」

（……いつのことかしら？）

「……この家でパウラが安心して過ごせていることがわかって嬉しいです」

再びぎゅうと抱き締められて、パウラは胸をときめかせる。

「……今日は、お酒の力を借りずに貴女を抱いてもいいでしょうか？」

そう掠《かす》れた声で言われ、パウラは自分のお腹辺りに回ったオレゲールの腕に自分の両手をそっと置いて、こくりと頷いた。

オレゲールが、手を伸ばした先にいる。それだけでパウラは幸せだと思った。

◇◇◇

パウラがすぅすぅと規則正しい寝息を立てた頃、オレゲールはパウラの横に滑り込んだ。

「パウラはやはり、外出することがあまりお好きではないのですか？」

オレゲールはごく自然に、今日の執事《しつじ》からの報告で気になっていたことを聞く。

「……嫌い、ではないのですが……会いたくない方々もいて……」

パウラもごく自然に、そう答える。

なるほど、社交界と距離を置いているパウラには苦手な人間も多いのだろうとオレゲールが思ったところで、パウラが続けた。

「……それと……初めての外出は……オレゲール様とご一緒したかったのです……」

実はオレゲールとデートがしたいのだと、パウラは本音を漏らす。

オレゲールとパウラは、婚約してから何度か会ったが、それはデートと呼べるような素敵なものではなく、毎回オレゲールが公爵家に出向いて一緒にお茶をするというだけのものだった。

その時間はむしろ業務連絡に近く、それもオレゲールが仕事で忙し過ぎたために、滞在時間はごく短い時間でしかなかったのだ。

（そうだったのか……）

パウラは常に無表情で全く意に介していない様子だったが、心の中ではそんないじらしい願望を抱えてくれていたのか、とオレゲールは安堵《あんど》する。

嫌われているのではないかとすら、思っていたのだ。だが、本当はパウラに好かれていると知ることができて、オレゲールの心には余裕が生まれた。

もっと、パウラを大事にしたい。もっと、パウラとの時間を作っていきたい……

そのためには、今の仕事をなんとかしなければ。如何せん要領が悪い。仕事の進め方を改善していかなければ、恐らく今後もパウラに寂しい思いをさせてしまうだろう。

明日直ぐに仕事の進め方を見直そう、と心に決めて、オレゲールはその後もパウラに色々質問した。

◇◇◇

翌朝も無事にオレゲールを見送ったパウラは、そういえば、食事の量が適量になっていたなと思い出す。今朝の朝食の量であれば、オレゲールを待たせてしまうと焦る必要もないし、ゆっくり噛んでしっかり味わえる。これからもあの量だと嬉しい……と思っていると、丁度料理長が声を掛けてきた。

「奥様、何度か食事を召し上がられていますが、味付け等に問題はございませんか？」

（とても美味しく頂いています……）

心の中で答えながら、パウラは頷く。

「オレゲール様のご指示で、本日から奥様のお食事の量を減らしたのですが……足りましたでしょうか？」

料理長は、不安そうに聞いてきた。少量を提供するのは初めてで、パウラに変な誤解を受けたくないとわざわざ直接確認しにきたらしい。

それを察知したパウラは一生懸命、口を開いた。

「……適量でした……」

本日の朝食の量が、とつけ忘れてしまったが、料理長には伝わったようで安心した顔をされた。

「それでしたら良かったです！　奥様は、必ず完食されるので……今まで気付かずにすみませんでした。他に何かご要望がございましたら、直ぐにお申し付け下さい！」

そう言って料理長が去っていき、食事の分量の心配はこれからしないでよさそうだと胸を撫で下ろす。

（……でも……何故、オレゲール様はわかったのだろう……？）

食材やそれを育てた人、調理をしてくれた人に申し訳なく感じてしまい、パウラは出された物を残せない性質だ。

オレゲールもそこまで大食漢な訳ではないが、オレゲールの食べる量とほぼ同じ量が提供されて、パウラはとても苦しい思いをしながら懸命に食べていた。

だから、量が減らされたことはとても嬉しいのだが、食べている最中に何か気取られてしまうようなこと——例えば見苦しい表情をしたとか——をしていたらどうしよう、失礼をしたのではないかとパウラは心配した。

まさか昨日の夜オレゲールに問われ、寝言で答えていたとは全く思わずに。

四、パウラの幸せと災難

「本日は、庭園と温室の設計を担当されたゲイン様がいらっしゃいますよ、奥様」

メイリーに言われて、パウラはこくりと頷いた。

初めて聞いた話なのに、なんだかそんなことがいつか起こるような気がしていて、そんな自分を不思議に思う。

来客があるためいつもより丁寧に衣装替えをし、化粧を施された。

「奥様、今日も本当に美しいですわぁ……」

メイド達の賛美にお辞儀をして受け止め、午前中からやってきた客人を迎え入れる。

「こんにちは、バラーダ伯爵夫人。私はゲインと申しまして、貴族御用達の庭園設計士でございます。以後お見知りおき下さい」

少し垂れ目の、髪にふわふわとしたカールを掛けた舞台俳優かと思うような造作《ぞうさ》の整った男性が、気障《きざ》にお辞儀をしてパウラの手を取りその甲に口付けた。

なるほど、この人なら確かにあの派手な温室を設計しそうだ、とパウラは納得する。

（初めて、伯爵夫人と呼ばれた……）

ポッと頬を染めながら頷いた後、パウラはその後ろに控える少女に目を向けた。

ボロの服を着た、擦り傷だらけの女の子。年は十歳くらいか。磨けばとても可愛らしいのだろうに、二つに縛られたぼさっとした髪の毛が全てを台無しにしていた。

パウラの視線を受けて、その少女はピシッと姿勢を正す。

「ああ、この子は私の弟子《でし》でリリーと申します。さぁ、それでは早速参りましょうか。本日はバラーダ伯爵様から、温室や庭園の設計意図やその他面白い話があったらなんでも話すように言われておりますので」

ゲインは少女の紹介もそこそこに、パウラの腰に手を回して温室の方へと誘導する。

(……荷物……リリーが運ぶのね……弟子《でし》だから仕方がないのかもしれないけれど……とても重たそう……)

パウラはレイブンに視線を送り、見えないようにリリーを指差す。

「リリー様、よろしければお荷物はワゴンで私がお運び致しましょう」

パウラの意図を正しく酌んだ優秀な執事《しつじ》は直ぐに声を掛けてくれた。

「だ、大丈夫、ですっ」

まさか自分に声を掛けられるとは思っていなかったらしく、リリーは声を裏返しながら答えた。

温室に着くと、先客がいた。伯爵家専属の庭師とその息子である。

今回、丹精《たんせい》込めて育てていた温室や庭園を一新したので、さぞ嫌な思いをさせてしまったのではないかとパウラは思っていた。

しかし、温室で初めて会った日、庭師は穏やかに話してくれたのだ。

「私は、植物を元気に育てるのは得意なのですが、どうにも植えるセンスがなくて困っておりました。私の知らない木や花が沢山増えましたし、とてもいい機会を頂けました」

見た目は厳つい感じの無愛想《ぶあいそう》な男性であるが、勉強熱心で向上心があるとパウラは感じたので、今回彼らにとって何か参考になればと思い、同席を勧めてみたのだ。

ペコリと頭を下げる庭師達に片手を上げて挨拶をしたゲインは、いかに色彩バランスを考えながら花を配置したか、年中咲き誇る花で纏めたかを語りだした。

「バラーダ伯爵夫人、こちらです。そうそう、この椅子なのですがね、私がお願いして置いたのです。ここに座って頂けますと、丁度その後ろに私の配置した花が入って素晴らしいでしょう!? 肖像画を依頼する時にはは是非ここで描くようにして下さいね」

肖像画を依頼する時に備えてバラーダ伯爵夫人の座る場所まで計算したのですよ、と大袈裟なジェスチャーを交え、面白おかしく夢中でゲインは話す。

(この方……ちょっと芝居《しばい》がかっていて、やはり舞台俳優もできそうだわ……)

その少ない会話の中で、ゲインは非常に目立つ色やデザインが大好きで、個性的な花がお気に入りであることがわかった。そして視線をパウラに固定したまま、一通り怒涛《どとう》の勢いで説明を終えると、何か質問はないかと聞いてくる。

「なんでもお答え致しますよ！　ああ、女性の趣味だけは、こんな美しい夫人を前にして語ることはできませんがね」

ゲインはパウラにウインクをしたが、普段そうしたノリの人に囲まれていないパウラはどうしたらいいのかわからず固まってしまう。そこに、助け船を出すかのように庭師が質問をしてくれた。

「それぞれの花の特徴や……育てる上で気をつけなければならないことを、教えて頂けないでしょうか？」

するとゲインは、「そういうことは人に聞くんじゃなくて、自分で調べようと思わないのか？ 庭師の仕事だろう？」と冷たく言い放った。

（なんでも聞けとおっしゃったのに……）

質問をした庭師は主人の前で赤の他人にその仕事ぶりを非難され、恥じ入るように肩を落とす。

パウラは庭師が可哀想になり、また興味もあったので、自分もそれが聞きたいという意味を込めてメイリーを見た。

「是非教えてください、ゲイン様」

すかさずパウラの意図を汲み取った、こちらも優秀な侍女は、そうゲインに発言する。

「……リリー、彼に説明しなさい」

ゲインは弟子《でし》の少女に命令する。

なるほど、こうやって客に質問させることで弟子《でし》を育てるのか、とその教育方針に納得しつつリリーの話をパウラも聞こうとした。

「ではバラーダ伯爵夫人、次は庭園へ……」

しかし、説明をしてくれるリリーとその話を聞く庭師を置いて、ゲインはパウラに先を促す。

どうやら彼は、パウラもリリーの話に興味があるとは気付かなかったらしい。

（……私も聞きたかったのだけど……）

「奥様はリリー様のお話にご興味がおありのようですね。ゲイン様、こちらでお茶をご用意致しますので、もう少しお待ち頂けますでしょうか？」

足の進まないパウラに気付いたレイブンが、温室に備えられた椅子をゲインのために引いてフォローを入れる。

「いやいやこれは……、どんな花にも勝るお美しいバラーダ伯爵夫人が、私の設計した温室にそんなにご興味をお持ち下さったとは!!　庭園設計士として非常に光栄で、有り難いことですね」

ゲインはニコニコとして執事《しつじ》の引いた椅子に座り、パウラを見つめた。

パウラは庭師と並んで屈み込み、リリーの説明に花を観察しつつ真剣に耳を傾けている。

挨拶をした時から笑顔でなかったため、敬遠されているのかと思っていたゲインは、どうやらパウラは感情を面に出すのが苦手らしいと気付いて少し胸を撫で下ろした。

「……ですので、この葉っぱの先にトゲがあることで水を中央に集め、中央は貯水機能を備えた袋のような形になっているのです。この袋の形のところは逆に日光に当てないように……」

リリーの滑らかな説明に庭師は手元を動かしてメモを取り、パウラは無表情ながらコクコク頷いている。リリーの説明は全て的確で、事典に載っていないような、研究を重ねないとわからないようなことも裏知識として教えてくれて、パウラは都度感心し小さな拍手を送っていた。

庭師とパウラは夢中でリリーの話を聞き、執事《しつじ》の用意したお茶を飲んだゲインがだいぶ手持ち無沙汰になってしまったところで執事《しつじ》が「それでは一旦お話はそこまでにして、そろそろお昼を摂られては如何でしょう？」と提案をする。

続きはそこでまた話せばいい、ということだ。

話が盛り上がるのはとてもいいことだが、メインの客人であるゲインにも配慮《はいりょ》しての発言だ。

「それはいいですね！」

喜んだゲインが直ぐさま賛同して一度手を叩き、パウラを見る。

パウラはゲインを放置していたことに気付いて自分を恥じ、昼食を摂ることに同意して頷く。

ゲインは「リリー！」と声を掛けた。リリーはその声にパッと立ち上がり、ピシリと直立する。

「我々はそろそろ、昼の時間だ。リリーはその庭師と一緒に温室管理のチェックをするように」

ゲインはリリーにそう声を掛けた。

「畏まりました」

リリーが頷き返事をし、パウラは驚く。

（リリーの昼食はどうするのかしら……？）

パウラがレイブンを見ると同じことを考えていたらしい彼は頷き、「リリー様のお食事もご用意しておりますので、どうぞご一緒に」と、保護者としてのゲインに対し綺麗なお辞儀をした。

人数が予定より増えたとはいえ、たった一人の小さなお客様の食事を出せないほど、バラーダ伯爵家は落ちぶれていない。

そう暗《あん》に仄《ほの》めかしながら笑顔で執事《しつじ》が促すと、ゲインは慌てて「そうですか、それは大変有り難いことでございますが、なにぶんリリーは平民でして、礼儀もマナーもわきまえておらず、弁当も持参しておりますので……」と申し訳なさそうな顔で尚も断ろうとする。

ゲインも元々は平民出身で、そこから実力で成り上がって貴族御用達になっている。

(だからこそ、リリーが貴族と食事を一緒に摂ることが……どれほどの負担になるのかゲインには わかるのかもしれない……)

そうは思ったが、ご馳走《ちそう》が食べられるかもと一瞬瞳を輝かせたリリーの様子をパウラも執事《しつじ》も見逃していなかった。

「……リリーも、ご一緒にどうぞ……」

普段開かない口を開くのは大層精神が削られるが、パウラが許可すればそれ以上ゲインは何も言えるはずがない。

ゲインが大仰に肩を竦めたのを視界の片隅に入れながら、それでもパウラが足を食堂に向ければ、全員がそれに従った。


客人を招いたランチはゲインの独り舞台で、庭園設計士になるまでの苦労や、なってから軌道《きどう》に乗るまでの苦悩など、ジョークを交えて楽しく話してくれた。

リリーは、普段食べられないご馳走《ちそう》にフォークが止まらないようで、パウラは可愛らしいその様子を見て内心和んでいた。

ランチが終わると、一行は庭園に出た。

庭園で待機していた庭師とその息子がお辞儀をして、ゲインに感謝を述べる。

「こちらの庭園では、今まで大切に育てていた植物を移動させ、ほぼ再利用しつつも四季を感じさせる素晴らしいデザインにして頂きました。本当に、有り難うございました」

確かに、庭師としては今まで手塩に掛けていた植物が総入れ替えになってしまっては悲しいものがあっただろう。

派手な温室とは違って、庭園はどちらかと言うと素朴《そぼく》で純朴な、それでいて温かみがあり、力強いイメージに仕上がっている。バラーダ伯爵家やオレゲールのイメージにぴったりだと、どちらかというと温室よりも庭園の方が気に入っていた。

それにしても、元々植えられていた木を再利用しつつ依頼人の希望を叶えるとは、植物への愛情と設計した者の心の優しさを感じられる。

ゲインを初めて見た時、ちょっと派手でおちゃらけた女好き……そんなイメージを持ってしまったのだが、人は誰でも多面性を持つ。パウラは、人は見た目で判断してはいけないと反省した。

温室も庭園もゲインが手掛けたなら、きっと彼の中には、派手さだけでなく庭園に通じる穏やかさや素朴《そぼく》を愛する気持ちもあるはずだ。

「ではリリー、バラーダ伯爵夫人に説明を」

今回もゲインは、リリーに説明を命じる。自分の身なりだけでなく弟子《でし》の身なりも整えてあげて欲しいが、弟子《でし》をしっかり教育していく姿勢はあるのだから、そこにパウラが文句をつけるのは筋違いだと感じた。

「はいっ……今回ご依頼を受けまして、こちらの庭園は植物の生息地別に配置させて頂きました。

また、植物の高低差を活かして、お客様が正面玄関からいらした時と……」

貴族御用達の庭園設計士であるゲインの教育がいいのか、リリーの植物の知識は幅広く、また植物への愛を感じる。少しおどおどした感じの女の子が、植物と相対した時だけはとても立派で、誰にも何にも物怖じしなくなる。これだけは誰にも負けない、という自信がリリーの立ち居振る舞いから見て取れて、パウラは純粋に感心した。

そしてそのリリーの流暢《りゅうちょう》な説明を、パウラも庭師もその息子も、その日一日ずっと夢中になって聞いたのだった。


「奥様、本日は楽しまれましたか？」

ニコニコとしたメイリーに聞かれ、パウラはこくりと頷いた。とても楽しかった。リリーの話は多岐《たき》にわたり、花の名前の由来や花言葉まで教えて貰えたのだ。

結局、楽しみにしていた他の貴族の庭園設計の秘話まで話が広がる時間もなくお開きとなってしまったが、また二人を招待できたら嬉しいとパウラは思う。

ゲインは「バラーダ伯爵夫人でしたら特別に、今まで書いた庭園の設計図を見せて差し上げてもいいですよ？」とまで言ってくれた。

庭園の設計図は、ゲインの仕事の歩みそのものだ。そんな大事な物をさらりと見せてあげてもいい、などと言われてパウラは心底驚いたが、どうやら短い時間ではあるものの、パウラが寡黙で、他人のことをベラベラと誰かに話すような人間ではないと伝わったらしい。

「ゲイン様、ちょっと気障《きざ》ですけど格好良かったですね～！」

「本当に、あの美貌《びぼう》でお仕事……」

「ち、ちょっと！」

「あっ……失礼致しました」

（ゲイン様……確かに、一般受けはしそうなご容姿でしたね……）

パウラもゲインを舞台俳優になれそうだと思ったほどだ。本人を見て、さぞかし女性に人気があるのだろうと理解はした。

（でも……やっぱり私は……）

パウラの脳裏に浮かぶのは、いつも仕事に忙殺され疲れた様子を見せながらも、優しく微笑んでくれる人である。パウラの一番はいつだって、オレゲールなのだった。

そんなオレゲールの帰宅は昨日より少し遅く、パウラが夕食を食べ終え寝室でゆっくり読書をしている時のことだった。

「ただいま、パウラ」

パウラは脳内で散々イメージしてきた通り、懸命に言葉を紡ぐ。

「……お帰りなさいませ、オレゲール様」

初夜《しょや》の帰宅時間を考えれば、オレゲールがかなり無理をして時間を作っていると想像するのに難くない。喜びで胸がいっぱいになりながらも気を遣わせていることが申し訳なくて、オレゲールを少しでも労りたいとパウラはベッドから下りようとした。

「ああ、そのままでいいですよ、パウラ。また直ぐに戻ってきますね」

どうやら下で食事をすませてから寝室に来たらしく、オレゲールは入浴だけすませると本当に早く戻ってきた。

パウラはドキドキして本に集中ができず、ベッドで正座をして待つ。

「お待たせ致しました、パウラ」

オレゲールはそう言ってベッドに上がり、正座をしたパウラに近付くと軽くキスをした。

「……今日は夕食を一緒にできなくてすみませんでした。食事量は、適量でしたか？」

そう聞かれて、パウラは頷いた。それを見て、オレゲールはホッとしたように笑う。

「それは良かったです。今まで無理をさせてすみませんでした」

パウラは不思議に思いながら、気にしないで下さいという意味で首を左右に小さく振った。

「今日は庭園設計士を呼びましたが、楽しい時間が送れましたか？」

続いてパウラは首を何度も縦に振った。けれどもそれでは伝わらないと思い直し、懸命に口を開く。

「……とても楽しかったです……ありがとうございました、オレゲール様……」

オレゲールはパウラが言葉を紡ぐのを見守り、「それは良かったです」と微笑んだ。

そして、顔を近付けて再び触れるだけのキスをする。

「身体に不調はありませんか？」

元々引き籠りだったパウラには些《いささ》か荷が重い来客というイベントがあったので、無理をしていないかオレゲールは確認したつもりだった。

パウラはそれを、風邪をひいてはいないかと聞かれたのだと思いながら頷いた。

「実は明日、仕事を休む段取りをつけました。一緒に外出するのは如何でしょうか？」

オレゲールがそう言うと、パウラは内心とても喜び、オレゲールの腕に小さな手を伸ばすと両手できゅ、と握った。

「……嬉しい、です……」

「では、今日は無理をせずに直ぐに寝ましょうか。それとも……今日も一緒に汗をかきますか？」

オレゲールの質問の意図を理解したパウラは、耳だけを真っ赤にして頷いた。


「おはようございます、パウラ。今日はお出掛けの日ですが、そろそろ起きられますか？」

オレゲールの声に、ぱちっと目を覚ましたパウラは慌てて飛び起きた。夫婦の寝室には既にメイリー達が待機していて、パウラは自分が寝過ごしてしまったことに無表情ながら青ざめる。

「昨日は無理をさせてしまいましたね。ゆっくり寝かせてあげたかったのですが、起こしてしまって申し訳ありません」

謝るオレゲールは既に着替えもすませていて、パウラはぶんぶんと首を振った。

「では後は私達にお任せ下さい、オレゲール様！」

「そうですね。ではまた後で、パウラ」

オレゲールはパウラの額にキスをし、寝室を後にする。

パウラはその後、メイド達の手により、いつも以上に美しい外行きの格好に磨きあげられた。

「では参りましょうか」

「……はい……今日はよろしくお願い致します……皆さんも」

オレゲールのエスコートで馬車を降りたパウラは、オレゲールと、馬車の左右に待機している二人の護衛騎士に声を掛けた。

一人はバラーダ伯爵家の護衛の責任者で、もう一人はジェフだ。

護衛隊長はパウラの声を初めて聞いて驚きに目を見開いたが、直ぐに一礼して平静に戻った。

ジェフは満面の笑みを浮かべ、「はい、お任せ下さい！」と元気に返事をした後、慌てて護衛隊長に倣《なら》って一礼する。

バラーダ伯爵家は、オレゲールの勤務地である王城に比較的近い、貴族ばかりが住む一等地に居を構えているが、今日は城下町の中でも賑わいをみせる平民の出入りも多い商店の並ぶ通りに向かっていた。

「パウラ、ここから先は歩いていこうかと思うのですが、大丈夫ですか？」

「はい」

馬車は、一際人通りの多い道の待機所で停止し、先に外に出たオレゲールはパウラに手を差し伸べる。その通りは馬車が一台通れる幅が一応はあるものの、歩行者専用通路さながらに人が往来していた。恐らく、緊急時のみ馬車を通すようになっていると思われる。

（今日メイリーが歩きやすい靴を準備してくれたのは、こういうことだったのね）

外行きの整った身嗜《みだしな》みには少し不釣り合いなかかとの低い靴を渡されていたのだが、それを履いてきて良かったとパウラは一人頷いた。

「お嬢さん！　良かったら見てってよ！」

大きな男性の声にびくりと肩を揺らすパウラの腰に手を回し、大丈夫だというようにオレゲールはそっと引き寄せる。

（なるほど、こうして声を掛けることは普通なのね）

ただでさえ人と話すことが苦手なパウラなので、見知らぬ人から声を掛けられるとどうしたらいいのかわからず極端に恐怖を覚えてしまう。

しかし、それらの呼び込みは全てオレゲールが「またにしよう」とサラリと躱《かわ》してくれて、直ぐに気が楽になった。そして、目に入るもの全てが珍しく、いつしかパウラは好奇心の方が勝り、キョロキョロとその通りを歩きながら楽しめるようになっていた。

いつもは馬車の窓から覗いてしか見られなかった景色は、実際路地に降り立って歩いてみると違って見えた。喧騒《けんそう》も、街に漂う料理の匂いも、客を呼び込む店主の声も、追いかけっこをする子供達の足音も、全てが新鮮だ。

「パウラはこのような場所は初めてですか？　気になるところは教えて下さいね」

人の集まる場所でパウラが行ったことのあるところと言えば、精々舞踏館や社交場、誰かの開いたお茶会程度のものだ。気品に溢れ、ゆったり優雅に歩く貴族達の集まりと、下町の人がごった返すこの通りとは雲泥《うんでい》の差があった。

目まぐるしく入れ替わる人々に酔い、パウラの身体は一瞬大きく揺れる。

それに気付いたオレゲールは、パウラに腕を差し出した。

「捕まって下さい。迷子になってしまいそうです」

「……はい、ありがとうございます……」

パウラは差し出された腕に、ドキドキしながら自分の手を掛ける。

(オレゲール様と、初めてのデート……)

しかも腕まで組ませて貰い、パウラは天にも昇る心地だ。

「この先に、今女性に人気のお店があるそうで。貴族もお忍びでよく訪れるらしいのですよ」

パウラはオレゲールの説明にこくりと頷く。

正直、オレゲールが一緒であればどこに連れて行って貰っても嬉しい。

珍しい茶葉を取り揃えているセレクトショップ、最新の女性の服や小物が揃った衣装店、髪飾りなどの専門店を巡る。

専門店の並ぶ通りは外から店を眺めるだけでも十分に楽しく、パウラはひとつひとつの店を覗いては陳列された商品に目を輝かせた。

(なんて可愛らしいデザイン……)

パウラの目を惹いたのは、蝶と花を模したブレスレットだった。通りに面した陳列棚の一際目立つところに置かれている。

「ああ、パウラに似合いそうですね」

オレゲールはそう言いながら、店の中に入ってみましょうと妻を誘った。

「いらっしゃいませー」

若い女性店員の声が店内に響く。

「あそこに陳列されているブレスレットを見せてくれないか？」

「は、はい！　少々お待ち下さい」

ブレスレットは、庶民からすれば購入するのにかなりの勇気を必要とする値段であった。

しかし、公爵令嬢だったパウラからすれば、そもそも庶民の店に並ぶような品を手にしたこともない。その相場《そうば》など全く知らないのだ。

ただ、高級なアクセサリーといえば大抵、使われている宝石が大きければ大きいほどいいという、ある意味わかりやすい価値観に基づいており、決してデザイン性に優れているから高価な訳ではないという現実をパウラもオレゲールも理解している。

宝石《いし》が小さい分、より付加価値をつけて高値で売ろうと、庶民向けの宝飾品店は試行錯誤を繰り返しており、その中でもより出来の良いものをこうして店の看板商品として飾っているのだ。

当然一点ものであり、名のある貴族に購入して貰えれば、それは必然的にその店の宣伝にもなる。

女性店員もオレゲールが貴族だと直ぐに気付き、奥の責任者に声を掛けて、宝飾用白手袋を装着すると商品を丁寧に展示スペースから取り出した。

庶民向けの店とはいえ、店員の教育が行き届いていることを確認したオレゲールはパウラに声を掛けた。

「パウラ、試着してみては？」

「是非！　こちらの商品はお客様に大変お似合いだと思いますよ！」

オレゲールと女性店員に勧められ、パウラは頷く。

パウラの差し出した細い手首に、そっとブレスレットが丁寧に巻かれ、それは最初からパウラの手首に存在していたかのようにとてもしっくりと馴染んで見えた。

「如何ですか？」

女性店員が、目をキラキラと輝かせてパウラに尋ねる。

（凄く軽くて……大きくないのに、存在感もあって、とても素敵……）

パウラが耳元を赤くして心を浮き立たせていると、オレゲールは「とても気に入ったようですね」と笑って言った。

その時、責任者らしい女性がやってきて、「まぁ、この度はご来店ありがとうございます、バラーダ伯爵、そして伯爵夫人」とにこやかに話し掛ける。

オレゲールは、この店に入店したことはない。ただ、向かいの性能付加専門店には何度か訪れているため、その店主と知り合いか、もしくはその店も女性の持ち物か、どちらかだと思われた。

なんにせよ、やり手には違いない。

「流石お目が高いです。こちらの商品は、当店と取引のある宝飾加工師の最高傑作なんですよ。表側だけでなく、裏側にも彫りを入れておりまして、ブレスレット自体を捩じって装着したり、裏側を表にして楽しんだりもできる品なのです」

話を聞いたパウラは、そっと手首を持ち上げて、ブレスレットの裏側を見てみた。なるほど、宝石自体は土台で支えられているのではなく、穴に嵌《は》め込む形で固定されており、細工の仕方が表と裏で異なっていて、直線的なデザインと流線的なデザインの両方が楽しめる仕様となっている。

（凄い……作りが凝っているわ）

パウラは見たこともないデザインに、やや興奮した。

「それはいいですね。では、頂きましょう」

オレゲールの即断に、パウラは目をぱちくりとさせる。

確かに公爵令嬢の時はこれ以上の宝飾品を父親から普通に贈られていた。それでも、祝い事でもないのにプレゼントを渡すような、金銭感覚のずれた子供を育てるような親ではなかった。だから、こんななんでもない日にプレゼントを渡されると、どうしていいかわからなくなる。

パウラの困惑が伝わったのか、オレゲールが口を開く。

「初めてのデート記念ということで」

オレゲールに微笑まれ、パウラは耳元を赤くしながら言葉を紡ぐ。

「ありがとう、ございます……嬉しいです……」

そう言いながら、ふと気付いた。デート記念を購入するのは、自分だけなのかと。デートは一人ではできないものだ。パウラも、オレゲールがいて、初めてデートができるのに。

「……あの」

パウラは勇気を振り絞って、オレゲールの袖口を引いた。

「はい」

パウラが「返事」ではない、積極的な会話をしてきたことに喜びを噛みしめつつも、オレゲールは自然に返事をする。

「……オレゲール様の、分は……」

「私の分ですか？」

オレゲールに、装飾品を身に着ける習慣はなかった。特に普段は書類整理をしているため、指輪やブレスレットは身に着けているだけで煩わしいとすら感じてしまう。

しかし、その事実をパウラは知らない。

「うーん……そうですね、パウラが何か、私に選んで下さいますか？」

オレゲールがそう言うと、パウラは緊張で瞬きを増やしながらも、耳元を染めつつ「はい」と言った。

（やっぱり同じ……ブレスレットがいいかしら……）

パウラは男性向けの商品棚の前に向かうと、ひとつひとつの商品をじっくりと眺める。オレゲールの趣味を確認しようとして本人を見てみれば、目に見えるアクセサリーは何ひとつ身に着けていないことに気が付いた。

（あ……）

パウラの困惑に、オレゲールが首を傾げる。

「パウラ、どうかしましたか？」

「……いえ……その」

パウラは何回か口を開き、そして閉じる。パウラの首が少し傾き、そして足元を見ていることからオレゲールはパウラが何かに困り、そして悲しんでいることに気付いた。

「パウラ、ゆっくりでいいですよ」

にこりと笑って、パウラが話せるようになるまでオレゲールは辛抱強く待つ。その態度に安心したパウラは、驚くほどスムーズにオレゲールに尋ねることができた。

「あの、オレゲール様は普段アクセサリーを身に着けないのですよね？　それでしたら、逆にご迷惑なのではないかと思いまして……」

パウラの質問に、オレゲールは内心焦る。

パウラがそんなことに気付くことはないと思い込んでいたのだ。純粋に選ぶ時間を楽しんで貰えればと思っていたのに、まさか気付くとは。

「……すみません、気を遣わせてしまいましたね。確かに今まではそうした物に無頓着《むとんちゃく》でしたが……パウラが選んで下さるものなら身に着けたい、と思う気持ちは本当です。貴女が選んだ物を、私も持っていたいのです」

そう言われて、パウラの心は震えた。その気持ちなら、十分パウラにもわかる。ここまで心が軽くなる言葉をくれたオレゲールに感謝しながら、パウラは微笑んだ。

「……そういうことでしたら、喜んで」

パウラは結局、自身のために購入したブレスレットの隣に置かれていた、男性向けのバングルを選んだ。男性向けにしては細めのデザインで、幅が太くない分、邪魔になりにくい。

ペアではないが、同じ宝飾加工師の作品だということで、どことなくパウラのブレスレットと似た彫りが施されているところと、唯一埋め込まれた宝石の色がパウラの髪の色と同じアメジストであり、オレゲールの水色の髪や濃い青の目と相性良く見えたところが決め手になった。

(私の髪の色と似たような宝石を選んでしまったけれども……押しつけがましくないかしら……)

どうか気付かれませんように、というパウラの願いは、秒であっさり砕かれた。

「ああ、これはいいですね。パウラの髪の色と同じ宝石《いし》ですから、目に入る度に癒されそうです」

「……」

オレゲールに笑顔で言われ、パウラの耳元は赤く染まる。そんなパウラをオレゲールは愛しさを込めた眼差しで見つめてから、店員に声を掛けた。

「このふたつの商品は、向かいの店を利用することも可能ですか?」

オレゲールが聞くと、責任者の女性は鷹揚《おうよう》に頷き「勿論です」と笑顔を浮かべる。

「では、これらを頂きましょう」

「お買い上げありがとうございます。今から向かいに行かれますか?」

「はい」

「では、お品は私共がお運び致しますので、よろしければ先に向かわれて下さい」

「ありがとう、よろしく頼む」

二人が外に出ると、店の外で待機していた護衛の二人は頭を下げた。

向かいの専門店は、パウラの知らない店だった。商品自体は剣や懐中時計、花瓶《かびん》やアクセサリーなどが雑多に並べられ、一見すると何屋かわからない。雑貨屋かと思うほどだが、品物の品質はそれなりにいいので、どちらかというと中古品店なのかとパウラは思った。

「いらっしゃいませー。おお、これはオレゲール様、いつもありがとうございます。……いや、先日伯爵位をお継ぎになられたんでしたな、失礼致しました、バラーダ伯爵様。爵位継承おめでとうございます」

「ああ、ありがとう。しかし、今まで通り気楽にしてくれ」

オレゲールは店主と顔馴染みらしく、和気あいあいと挨拶をしている。

「今日はまた、目を見張るような美しい女性を連れていらっしゃいますな」

店主が顔の皺を深くして、パウラの方に視線を移す。ドキドキしながらパウラが礼をすると、店主はポカンと口を開けて呆けた。

「わ、私にまでそんな丁寧な挨拶をして下さるなんて……」

「私の妻のパウラだ」

「ええっ！　なんと羨ま……いやコホン、ご結婚おめでとうございます」

「ありがとう」

「ありがとうございます」

パウラとオレゲールの声が重なり、二人はきょと、と顔を見合わせて、オレゲールは微笑み、パウラは耳元を赤く染めた。

「今日はどのような御用で？」

店主はそんな二人を微笑ましく眺めながら、商売に入る。

「今日は、向かいの宝飾品で購入したブレスレットに付与して貰いたいのだが……」

二人が話し始め、パウラはきょろきょろと店内を興味深げに見回す。すると店主がパウラに声を掛けた。

「自由にご覧下さい。ただ、危険な物もございますので、お手に取る前にお声掛け下さい」

パウラは頷き、二人から少し離れたところで店内を見て回る。

(性能付加専門店……？　とは、何かしら？)

雑多に並べられた商品には、「触れるな危険」と記されてある。

(……毒性能付与……ど、毒⁉)

剣に添えられた商品説明に驚いていると、二人の商談はさっさと終わったようだ。

「三時間で仕上げますね」

「それでは、よろしく頼む」

オレゲールが何かを店主に依頼し、一旦用事はすんだことがわかる。

「お待たせ致しました、パウラ。先ほど購入した商品は、また三時間後にこちらに取りに来ましょう。そろそろお腹が空いたでしょう？　一度馬車に戻りましょうか」

気付けば時刻はあっという間にお昼の時間になっている。

二人は馬車で高級ホテルのレストランに行く予定だったが、馬車の待合所に向かっている最中、パウラの視線は街の広場の串焼きの露店に注がれていた。

(あれは何かしら……?)

パウラの視線の先には、スパイシーな香りを漂わせる、異国情緒《いこくじょうちょ》溢れた露店がある。

お酒に合うらしく、その露店の前に置かれた何席かのテーブルは埋まっており、昼間から乾杯する陽気な男達の声が遠くまで響いていた。

「パウラ、よろしければあそこで食べてみますか?」

オレゲールの言葉に、パウラは喜んで頷いた。

オレゲールはいつもパウラの気持ちに本人よりも先に気付く。それだけパウラのことを見てくれているのが嬉しい。

オレゲールもまた、この短い時間で随分とパウラの自然な笑顔を拝むことができ、内心喜んでいた。

二人は円形の広場で商売をしている数件の露店を巡り、ポテトや飲み物、麺類などを購入する。

そして、街の人達と同じように広場の中央階段で座って食べることにした。

パウラがハンカチを階段に敷こうとすると、オレゲールはその手を掴む。

「……オレゲール様?」

「貴女のハンカチを汚す必要はありません」

オレゲールはそう言いながら、自分のハンカチを敷いてそこにパウラを座らせる。そして自分はその隣に何も敷かずに座った。

「ここでは誰も何も敷いていませんから、多少無作法《ぶさほう》でも問題ありませんよ」

悪戯っ子のような顔をして笑うオレゲールに、パウラはついつられてふふ、と笑みを漏らす。

（オレゲール様のこんな顔、初めて見た……）

パウラの胸に、喜びが満ちていく。

「どうぞ」

「……ありがとうございます、いただきます」

「うん、なかなか美味しいですね」

パウラは頷いた。勿論、オレゲールやパウラが毎日食べているバラーダ伯爵家や生家である公爵家の食材や腕のいい料理人による味付けには到底敵わないが、スパイシーで固い肉も、甘い飲み物も、辛い麺も、デートにおける特別感がそれらを全て美味しく感じさせてくれた。

（オレゲール様と、一緒だから……）

一人では緊張しておろおろしてしまう城下町でも楽しめるし、一生縁のないと思っていた露店での買い物や、はしたないと敬遠される道端での飲食も楽しめる。

「さて、腹ごしらえを終えましたら、次はオススメの古書店と、植物公園にでも行きませんか？」

オレゲールの提案に、パウラは嬉しい気持ちを込めて何度も頷いた。

翌日、パウラは庭園のガゼボで本を読みながら、自分の手首を撫でていた。

正確には手首というより、ブレスレットを。

（オレゲール様にプレゼントして頂いたブレスレット……）

婚約期間もまめに贈り物をくれたオレゲールだったが、それはどちらかというと形に残らない菓子などの嗜好品《しこうひん》が多かった。

アクセサリー類は本人の好みや既に所有しているものとの相性もあるので難しいということはわかっていたが、オレゲールのくれたものならばできたらずっと身に着けていたいという願望があったので、パウラは嬉しくて仕方がない。

「奥様、肌寒くはございませんか？　ブランケットがございますが」

「……ありがとう……でも、大丈夫です」

「畏まりました」

パウラは本を読みながらも、その心ここにあらずで、昨日のデートでの出来事を思い返してしまう。

「よくお似合いですよ」

昨日の帰り道。オレゲールはそう言って、何かの能力が付与されたらしいブレスレットを差し出し、パウラの許可を得てから包装紙を開けて、そのままパウラの手首にそれを着けてくれた。

パウラの手首で蝶と花がしゃらりと軽やかな音を奏でる。

プレゼントは勿論なのだが、パウラがこのブレスレットを気に入ったことにオレゲールが気付いてくれたことが、自分を見ていてくれたことが、パウラには何よりも嬉しかった。

この世界を生きていくことは、ずっとパウラにとって恐怖だった。そんな日々を耐え抜くことができたのも、パウラを見守ってくれた家族と、大好きなオレゲールがいるからだ。

本来だったら、オレゲールの優しい視線はヒロインに向けられていたのかもしれない。ヒロインと結ばれることがオレゲールにとって一番の幸せなのだとしたら、せめて二番目くらいには幸せだったと思って貰えるよう、最善を尽くしたかった。

大事そうにブレスレットを撫でるパウラに、メイリーもメイドも相好《そうごう》を崩す。

「奥様、お茶をお持ち致しました」

「……ありがとう」

まだ表情は固いものの、パウラは努力した甲斐もあり、挨拶くらいであれば口にすることができるようになっていた。

「昨日、奥様がオレゲール様と一緒にお選びになった茶葉でございます」

「ありがとう。……その、メイリーの分もあるのだけど……」

パウラの言葉に、メイリーは嬉しそうに顔を綻ばせた。

「はい。使用人の分までご購入して頂き、ありがとうございました。みんな喜んでおります」

その笑顔に勇気付けられたパウラは、本を入れていたバスケットに手を伸ばす。

いつもパウラが快適に過ごせるよう心を尽くしてくれているメイリーの分は、別に購入していた。

メイリーは、可愛らしくラッピングされたそれを、戸惑いながら受け取る。

「……これは、プライベートで大切に飲ませて頂きます。ありがとうございます」

大事そうに胸元で抱き締めるようにしたメイリーに、パウラは笑みを浮かべる。

メイリーの淹れてくれたお茶を口もとに寄せると、果実の香りが鼻腔《びこう》を擽る。一口飲むと強い甘味が口内に広がり、飲み込んだ後はさっぱりとした爽やかさが広がった。専門店で試飲した時も不思議に思ったが、その味の変化がとても美味しい。

「……美味しい」

「店と同じ味になりましたか？」

メイリーに聞かれて、パウラは頷く。

「なら良かったです。淹れ方も書いてあったので同じ味になるように努力致しましたが、初めて淹れたので少し不安だったのです」

メイリーがおどけたように言い、パウラはクスクスと笑う。

パウラが他人とコミュニケーションを取ろうと努力をするようになってから、メイリーとも以前よりずっと打ち解けられるようになっていた。

「オレゲール様からの贈りもののブレスレット、本当に奥様にお似合いで素敵ですね」

「……ありがとう」

穏やかな時間を楽しむ庭園に、新しい風が吹いた。

忙しい中休暇を取ったつけが回ったそうで、オレゲールはしばらく帰宅が遅くなるらしい。

自分とのデートの時間を作るためにオレゲールは大変な思いをしているのに、自分は何もできないことをパウラは歯痒く、そして心苦しく感じる。

ただ、それも見越してオレゲールは「またパウラと楽しい時間を過ごすために、仕事の方も頑張りますね」と言ってくれていた。

（……私の時間を、オレゲール様に分けて差し上げたい……）

忙しいとわかっていても、パウラはオレゲールの帰宅を心待ちにしてしまう。

実際に大変なのは働き詰めのオレゲールなのに、早く帰って来て欲しい、顔を見たいと願ってしまう自分にパウラは自己嫌悪した。

王城に籠っていて顔を合わせられない日が続いても、オレゲールはパウラの喜びそうな本や美味しいお茶菓子やお茶など、度々手配してくれているというのに。

「奥様、本日は庭園でお茶に致しますか？」

メイリーに聞かれ、パウラは首を振る。そして、外出着を指差した。

「……今日は、私からもオレゲール様にプレゼントを……」

ペアのブレスレットは結局オレゲールが支払いをすませている。今まで貰ってばかりだと思ったパウラは、自分のお小遣いで何かお返しがしたいと考えていた。

「まぁ、奥様！　それはオレゲール様もきっとお喜びになりますわ！　早速お支度させて頂きますね」

メイリーはパウラの言葉に顔を綻ばせ、主人夫妻の仲睦まじい様子に喜びを表す。

メイリーからしてみれば、いくら仕事とはいえオレゲールは初夜《しょや》を台無しにし、そして体調不良の新妻《にいづま》の傍にいる割には、肝心の妻が目を覚ました時には何故か傍にいないという最悪な状態を繰り返していたのだ。

いつ奥様に見限られてしまうことか……！　と使用人一同戦々恐々としていたのだが、パウラはオレゲールの心配はしても、怒りを表すことは一切なかった。

そして今も、オレゲールのメッセージカードすら付いていないプレゼントを嬉しそうに受け取り、包装紙すら宝物のように自らの手で丁寧に開封しているのである。

(奥様ってばなんていじらしい……！　早く帰って来て下さいよ、オレゲール様!!)

オレゲールの不在には慣れっこの使用人達も、自分達が仕えるパウラがしょんぼりとオレゲールを待ち続ける姿にはなかなか心苦しいものがあった。

パウラが外出する旨を伝えると、レイブンは直ぐに伯爵家の家紋《かもん》のついた馬車を用意する。

「では……行って参ります……ジェフ、よろしくね」

「はい、奥様」

「行ってらっしゃいませ」

執事《しつじ》を筆頭とした使用人達は、「沈黙の令嬢」ではなく一人で外出をするまでに成長した「バラーダ伯爵夫人」パウラを、笑顔で見送った。

パウラがメイリーと護衛二人を連れて出掛けた先は、オレゲールとのデートとは異なる、貴族を相手にする高級店が並んだ区域だ。ここならば、外出に慣れていないパウラでも安全に買い物できるだろう。

（オレゲール様に、何をプレゼントしたらいいかしら……）

パウラは男性向けの店舗を回ってじっくり真剣に考えたが、その度に店員から色んな物を紹介されて、何がいいのかわからなくなっていた。

「奥様が選ばれるなら、どんな物でも絶対に喜びますよ！」

メイリーはそう言うが、どうせならオレゲールが身に着けられたり長持ちしたりする物で、叶うならばブレスレットのように自分を思い出してくれるものがいい。

（……なんて、流石に高望みしすぎかしら……）

オレゲールからのプレゼントを考えればお互い様なのだと気付くはずだが、オレゲールが気に入らない物をプレゼントして困らせたくない、という思いがどうしてもパウラを優柔不断にさせる。

（オレゲール様が、毎日必ず使う物……）

仕事場に赴いたことのないパウラは、書類に向き合うか、会議で机を囲んでいるか、部下の報告を受けて指示をしているオレゲールしかイメージが湧かない。

その時、丁度高級文房具屋がパウラの目に入った。

（……何かいいものがあるかもしれない……）

パウラが店の扉を押す前に、来店を見越した男性店員が内側からドアを開けてくれた。カラン、と低いベルの音が心地好く響く。

この店で決まりそうだと、なんとなくパウラの直感が働いた。

「いらっしゃいませ」

その店員は入店したパウラとメイリーに、にこやかに挨拶してからそのまま続けて尋ねる。

「何かお探しですか？」

パウラはこくりと頷く。

「ご自分用ですか？　プレゼント用ですか？」

言葉が出てこないパウラの代わりに、メイリーが答える。

「旦那様用のプレゼントなのですが、何かいいものはありますか？」

店員は「勿論です」と頷くとショーケースの方へ移動し、「書き心地が良く、インクの継ぎ足しの回数が減るデザイン性のいいペンが今は人気ですよ」とオススメしてくれる。

「奥様、見せて貰いましょうか？」

メイリーはその店員の近くへ寄りながらパウラにそう尋ねたが、パウラはショーケースの向こう側、店員の更に奥に並んでいるインク壺が気になり目が離せないでいた。

「ああ、こちらのインク壺は、新商品です」

パウラの視線を受けて、その店員は後ろに陳列されたインク壺を直ぐ手に取り、ショーケースの上に置いた。

「インク壺もデザイン性のある人気の宝石を埋め込んでいますが、それよりもこのインク壺には癒しの効果が付いていまして」

「癒しの効果ですか？」

メイリーが驚いたように言葉を挟む。

「はい。このインク壺を使えば、中に入れたインクに香りが移ります。その香りを継続的に嗅いでいると、脳内の集中は途切れさせずに身体の緊張を解く効果が期待できるのです」

そのインク壺のひとつを指差し、パウラはメイリーの方を見る。間違いなく、今のオレゲールに必要な物だと感じた。

「では、このインク壺をプレゼント用で、王城まで配達お願い致します」

メイリーがそう店員に頼み、パウラの初めてのお買い物は無事に終了したのだった。


「おや、これはバラーダ伯爵夫人ではございませんか！」

帰宅前に高級ホテルのレストランでメイリーと休憩していると、誰かが声を掛けてきてパウラは振り向いた。

ホテルの中まで護衛を連れてくるのは、そのホテルを信用していないという意思表示と同じで失礼になるため、ジェフ達護衛は外で待機して貰っている。

「まぁ、ゲイン様」

メイリーが多少声色を高くし、以前パウラを喜ばせた客人との出会いを歓迎した。

パウラはキョロキョロと辺りを見回してリリーの姿を探したが、小さな少女の姿は見当たらない。

「ゲイン様も、こちらのレストランで休憩ですか？」

「私はこのホテルを家がわりにしているのですよ」

ゲインはメイリーの質問にそう答え、二人を驚かせる。

(この高級ホテルが家がわりだなんて……本当に有名で人気の方なのね)

「そういえば、先日伺った時に見せることが叶わなかった他の邸宅《ていたく》の庭園設計ですが……今、私の部屋にいらっしゃれば、お見せできますよ？　お時間が許されるならば、是非如何ですか？」

庭園設計士のゲインはにこやかに聞いてくる。

メイリーは、前回パウラが楽しみにしていたけれども時間が足らずに庭園設計図を見逃していたことを知っていたので、直ぐにゲインの話に興味を示した。

「良かったじゃないですか、奥様。是非お邪魔させて頂きましょうよ」

「それでは、私はバラーダ伯爵夫人を部屋にご案内致しますね。……ああけれども、ここで待っていないとリリーが私を捜してしまうかもしれないな……直ぐに戻って来るはずなのですが」

ゲインが困ったように言うので、メイリーは張り切って、自分が代わりを申し出た。

「では、私がここでリリー様をお待ちし、合流してから一緒にゲイン様のお部屋に伺いますね。ついでに、もう少し時間が掛かりそうだと護衛達に連絡しておきます」

多少パウラを置き去りに話が進んでいたが、メイリーとリリーが直ぐに合流するなら問題ないかと思い、パウラも頷く。

オレゲールに会えず、最近落ち込んでいるパウラを楽しませようとメイリーが考えていてくれることを理解していたからこその判断だったのだが、今回はそれが逆に仇《あだ》となったのだった。

パウラは、ゲインの案内でホテルの上階へと向かっていた。

ここは、諸外国からの使者や王城へ呼ばれた招待客や訪問者も宿泊するほど、高級なホテルである。

貴族御用達の庭園設計士とはいえその羽振りが良すぎる気はしたが、人が自分で稼いだお金をどう遣おうが、パウラに何かを言う権利はない。

ただ、このホテルのＶＩＰルームに連日泊まるくらいなら、リリーの服装にもう少し注意を払ってくれないものかとパウラは思った。

「どうぞ」

ゲインが扉を開けると、真正面に位置する窓から素晴らしい展望が広がる。パウラはその窓へ引き寄せられるように、足を踏み入れた。

しかし、そんなパウラの後ろでゲインが扉を閉め、鍵を掛けた音をパウラの耳は拾った。

鍵を掛けては、リリーとメイリーが直ぐに入室できない。そもそも、公爵令嬢であるパウラは貴族女性が、家族以外の男性とふたりきりで密室にいることは良くないと言われて育っている。何かの事情で二人きりになる必要がある場合は、鍵はもちろんのこと、扉を開けておくのがマナーだ。

設計士の努力の結晶、宝物である設計図がこの部屋にあるのだとしても、ゲインは男性なので、可能であれば鍵も扉も閉めて貰いたくなくてパウラは振り返った。

（……っ！）

パウラは後ろにいたゲインを見て、息を呑み込む。

そこには、非常に整った美貌《びぼう》であるのに下卑《げひ》た笑いをしながらこちらに近づくゲインがいた。

初対面で会った時の印象そのまま、気障《きざ》で派手で、何人もの女性を誑《たぶら》かしていそうな軽薄な表情を浮かべ、上機嫌でパウラににじり寄る。

（……気圧されては、ダメ）

パウラはゲインに触られないように後退しながら、震えそうになる手をグッと握りしめ、ブレスレットに触れた。オレゲールがここにいるようで、少しだけ心が落ち着く。

「バラーダ伯爵夫人……いえ、パウラ様。初めてお会いした時から、貴女の美しさに心奪われておりました」

ゲインが、仮面のような笑顔を張り付け、パウラに手を伸ばした。

パウラは出口を求めて視線をさ迷わせる。頭の中に、警鐘《けいしょう》が鳴り響いている。

先ほど入室した扉に辿り着くにはゲインの横を通らねばならないが、この広い部屋の左右にも扉はあった。どちらかが廊下に続いていれば、パウラはゲインから離れられる。

（……!!）

パウラは身を翻《ひるがえ》し、一縷《いちる》の望みをかけて片方の扉を勢いよく開けた。

「おや、パウラ様。そちらは寝室ですよ？　……私を誘っておいでですか？」

パウラが青ざめ震えているのに気付きながら、ゲインはそう言って揶揄《やゆ》する。

「きゃあ……っ」

「ふふ、抵抗されたり逃げられたりするほど、男はその獲物を手に入れたいと思うものです」

後ろから羽交い締めにされたまま、パウラはホテルの柔らかいベッドに押し倒された。

「バラーダ伯爵はここ何日か、城に閉じ籠ってパウラ様を一人きりにさせているらしいじゃないですか」

（オレゲール様……っ）

ゲインの顔が近付き口付けようとするのを、パウラは顔を背けて必死で逃げた。

悪役令嬢と自覚してから、ヒロインが魔塔を卒業するまでずっと命の危機に怯えて生きてきたが、まさかそれと同等の恐怖に再び襲われるとは、パウラは思ってもいなかった。

「……あんな、頭の固そうな旦那では、夜の営みもさぞ淡白で味気ないものでしょう？　私にその身を任せれば、一生知ることのない極上の快感を味わわせて差し上げます……」

（いや、嫌ぁ……っっ）

仕事中のオレゲールが、ここに来る訳がない。けれども、パウラの心は何故かずっとオレゲールを呼んでいた。

メイリーやジェフが駆けつける方が、まだ現実的だと言うのに。

（ジェフ……そうだ、窓ガラスを割れば……！）

ベッドの足元側の壁は一面窓ガラスで、その真下は正面玄関付近だ。

頭の上で窓ガラスが割れれば、きっと護衛《かれら》は駆け付けてくれるだろう……が、落ちた窓ガラスで誰かが怪我をしないとも限らない。

（どうしよう……どうしよう……っ!!　でも今メイリーとリリーが来てくれさえすれば……！）

パウラが逃げるために思考を巡らせていると、キスは諦めたゲインがパウラのドレスの下から手を入れながら囁いた。

「リリーはこのホテルに泊まらせていませんからね、侍女も戻ってはきませんよ」

（……えっ……）

パウラは動きを止める。

「こんな高級ホテルに泊めたらお金が勿体無いじゃないですか。みすぼらしくて、そもそもこのホテルには入れませんよ」

（みすぼらしいって……弟子《でし》なのだから、お給金でそれなりに体裁を整えてあげればいいだけなのに……）

爵位のないゲインでも泊まらせてくれるホテルなのだから、最低限の体裁があれば大丈夫なはずだ。

「ですから少しの間、私達も楽しみま……おや？」

ゲインの手が止まる。ショーツにあしらわれたスリットに気付いたのか、下卑《げひ》た笑みを深くする。

「……まさか、こんな扇情的《せんじょうてき》な下着を身に着けられているとは、驚きましたね」

「やぁ……っっ」

パウラの顔が絶望感に染まる。泣きながらゲインに抵抗したが、ゲインはその抵抗を物ともせずに妄想と下半身を膨らませた様子で、舌舐めずりしながらパウラのドレスを腰上まで捲り上げようとした。

その時。

バタン、バタバタバタ……と、鍵が掛けられたはずの扉が大きく開かれ、そして何人かの足音がその部屋に散らばる音がした。

「奥様！　奥様!!」

「奥様、ご無事ですか!?」

「メイリー！　ジェフ!!」

パウラは力の限り叫んだ。人生で初めてだったかもしれない。

パウラの眦《まなじり》から、ぽろぽろと涙が流れる。今度は安堵《あんど》によるものだった。

「そこまでだ！　奥様から離れろ!!」

「ゲイン様、これは……っっ」

直ぐに、メイリーとジェフ達護衛、そしてホテルの係員がパウラのいた寝室に駆け付け、ゲインを押さえつける。

「ち、違う！　違う！　これはパウラ様がお誘いになったからで……！」

ゲインは慌てて言い訳を述べたが、その場で身柄を確保された。

「……っ、……っ」

ガタガタと震えてしゃくり上げるパウラをメイリーが直ぐに抱き締め、男性の視線から遮るようにパウラの身体にブランケットを掛ける。

「申し訳ありません、奥様！　私のせいで……!!　ご無事で良かったです……!!」

メイリーも、パウラと一緒にハラハラと泣き出した。

パウラはメイリーのせいではないと首を横に振ろうとしたが、身体が震えて上手く動けない。

メイリーは、ホテルの係員に直ぐに馬車を呼んで来るよう指示すると、パウラと共にホテルを後にした。

◇◇◇

遡ること、数分前。

オレゲールは、着けていたバングルからパウラの不調、不快、緊張といった極度の波動を感じ、直ぐさま執事《しつじ》のレイブンに連絡を取った。パウラのブレスレットには、彼女の極端な心理状態を発汗や脈から判断し、オレゲールのバングルに伝える効果が付与されていた。

レイブンは、護衛から報告を受けていたホテルに連絡を入れ、ロビーで人を待っていたというメイリーにパウラの様子を尋ねる。

「奥様は今、ゲイン様とご一緒なので……」

大丈夫なはずです、とメイリーは続けるつもりだった。ゲインはバラーダ伯爵家に来た時も非常に社交的で好印象だし、パウラに何かあったら直ぐに知らせてくれる人格者に違いない、と考えたからだ。

「今直ぐに様子を見に行きなさい。何を置いても最優先で」

しかし、そう下されたレイブンの命令に、メイリーは慌ててジェフ達とホテルの係員を連れてパウラの元に走る。鍵が掛けられていた時に嫌な予感がし……寝室に駆け込んだ時、その予感が好ましくない方向に正解だったことを知った。

未遂《みすい》だったとはいえ、パウラの身に危険が迫ったのは自分のせいだと、メイリーは責任を取り退職する旨をオレゲールに伝える。

「……今、お前が退職すればきっとパウラは責任を感じるだろう」

「それは……私から、奥様に説明致します」

「……お前だけが悪いとは思っていない。あいつを屋敷に招き入れたのはそもそも私だ」

そうオレゲールが言っても、メイリーの意思は固かった。

「寛容なオレゲール様と奥様には……いくら感謝しても、しきれません。けれども、私が……私自身が、自分を許せないのです。オレゲール様やレイブン様のお陰で奥様は運良くご無事でいらっしゃいましたが、お二人の指示がなく私だけだったら……そう思うと、怖くて仕方がないのです」

「……そうか、わかった」

オレゲールはメイリーを止めることはなかったが、代わりにメイリーの次の職場を紹介した。

そこはメイリーの自宅から通いやすく、気心知れたかつての同僚も勤めている職場だった。そして、そこで知り合った若い騎士とその後恋仲となるのだが、それはまた別の話である。

◇◇◇

パウラが襲われた日、直ぐさま帰宅したオレゲールはそのままパウラの自室へ直行した。

「……申し訳ありません……」

顔を合わせるなり、頭を深々と下げて謝るパウラが痛々しい。

「パウラは何も悪くないですよ」

オレゲールはそう伝えた上で、顔を上げるようお願いした。

オレゲールが帰宅するまでパウラは自室に籠り、ずっと嗚咽《おえつ》していたようだ。

泣きはらし、目の周りを真っ赤にさせたパウラの顔をオレゲールはそっと両手で包む。

「パウラが無事で、本当に良かったです」

優しく微笑んで、パウラの瞼《まぶた》の上に何度もキスを落とした。

瞳を閉じたパウラはオレゲールにされるがまま、けれどもキスを落とす度に、柔らかな表情になっていく。

「……抱き締めてもいいでしょうか?」

しばらくして、オレゲールが極めて慎重に尋ねたところ、パウラは頷く前に自分からオレゲールの胸に飛び込んできた。

そんなパウラの背中にゆっくりと両腕を回し、オレゲールは彼女の鼓動を自分の身体で受け止める。

「今日はこのまま、眠りましょうか」

オレゲールはそう提案したが、パウラは首を振った。

「では、何か……以前飲んだお酒でも飲んでから休みますか？」

パウラは再び首を横に振った。

「わ、私は……」

パウラが口を開き紡ぎ出す言葉を、オレゲールは背中を撫でながら焦らずに待つ。

「今直ぐ……オレゲール様と、繋がりたい、です……」

想像もしていなかったパウラの言葉に、オレゲールは目を見開いた。

ゲインに襲われた直後にオレゲールを受け入れるのはまだ心穏やかではないだろうと、オレゲールは一週間ぶりにパウラの身体を抱き締めその香りを吸い込んでも、手を出さないように我慢していたのだ。

しかし、パウラに苦手な沈黙を破ってまでお願いされれば、それはあっさりと瓦解《がかい》していく。

「……パウラ、無理しなくていいですよ？」

オレゲールは自分の獰猛《どうもう》な欲を必死で押し込めながらパウラに言ったが、パウラは首を振った。

「違い、ます……」

無理をしている訳ではなく、私がそれを求めています、と。

パウラは自らオレゲールの唇に自分の唇をくっつけ、オレゲールの熱を帯び始めた肉棒をそっと撫でて自分の気持ちをオレゲールに伝える。

「……もし、怖くなったりやめたくなったりしたら、伝えて下さいね？」

オレゲールは頷くパウラを優しく抱き上げ、夫婦の寝室に移動すると、そっとベッドに寝かせた。

そして、潤んだ瞳で見上げてくるパウラに口付けをし、それを直ぐに深めていった。

「……、ん……っ」

オレゲールの舌がパウラの歯列をなぞり、これからの身体の交わりを期待させるかのように、舌を丹念に絡める。

「は、ぁ……」

オレゲールは、パウラの息が上がってきたところで口内から一度撤退し、首づたいに上から下へと舌先を滑らせ舐め下ろす。そして辿り着いた先、真っ直ぐ伸びた綺麗な鎖骨《さこつ》を強く吸って、キスマークを付けた。

「……パウラ……」

オレゲールは手早く、パウラのドレスも下着も脱がせて裸にし、自らも服を脱ぐ。

そしてお互い生まれたままの姿で、自分のものであると主張するかのようにパウラの全身に舌を這わせながら、所々に紅い薔薇《ばら》を咲かせていった。

「あ……っ」

パウラの様子を注意深く観察しながら、その足を割り開き、魅惑的な太腿《ふともも》にも痕を残した。

その時、パウラの柔らかい恥毛がてらりと濡れて反射したことに気付いた。その中心がしっかり潤っていることをオレゲールは確認する。ひくりひくりと震える花びらをそっと捲ると、トロリとした蜜が零れ、オレゲールは舌先でそれを拭った。そのまま縦横無尽に舌を動かす。

「ぁあん。は、ぁん……っっ」

パウラは眦《まなじり》に涙を浮かべながら顎を反らして、オレゲールの施す快感を享受した。初々しくも艶《つや》めくパウラの淫《みだ》らな姿を楽しみつつ、オレゲールはふと、自分が一方的にパウラを押さえ込んでいたことに気付いた。そして、怖い思いをした今日に限っては、少し趣《おもむき》を変えた方がいいと力を緩め、パウラの意思を尊重しやすいようわざと誘導することにした。

「パウラ、私が舐めやすいように自分で押さえて頂けますか？」

オレゲールが、唾液《だえき》で濡れた口元をぐいと拭いながらパウラに乞う。

「は、はい……」

パウラは戸惑いながらも頷いて、疼《うず》く身体を持て余しながらその指示に従った。

「そう、座って足をしっかり開いて……腕で太腿《ふともも》を固定して下さい」

足を開き、湿度の上がった蜜壺《みつつぼ》をパウラは自ら差し出す。

オレゲールはその淫靡《いんび》な姿を目に焼き付けながら秘処《ひしょ》全体を舐め回した後、秘豆の皮を舌で優しく剥いて、パウラに再び乞う。

「ここも押さえられますか？　そうそう、上手です」

「…………」

パウラははぁはぁと息を上げながら、言われるがままオレゲールに痴態《ちたい》を曝す。

パウラはきっと今、とてつもない羞恥心《しゅうちしん》に襲われているのだろう。オレゲールはパウラの協力的な行動に安堵《あんど》しつつも、パウラのいじらしい姿に自らの性的な加虐心がくすぐられるのを感じた。

「私に舐めて欲しくてそんな恥ずかしい格好をするなんて……パウラは可愛いですね」

「ひゃぁんっ……」

オレゲールは、無防備だったパウラの乳首をきゅうと摘まむ。同時に蜜口《みつぐち》がひくひくと動き、その刺激を悦んだことを指先でも感じる。

パウラの恥ずかしがる様子を、オレゲールはじっくり見つめた。

「……オレゲール、さまぁ……」

乳首を摘ままれ、身体をびくつかせながら、焦れたパウラはとろりとした甘い視線を投げ掛けオレゲールに愛撫《あいぶ》を乞う。

「パウラの舐めて欲しいところは、どこですか？」

パウラが本心から嫌がっていないことを確認すると、オレゲールはわかりきった質問をわざと投げ掛けた。急にそんな問い掛けをされても、パウラが答えられるはずがなく、いやいやと首を横に振ることしかできない。

「では、舐めて欲しいところを自分で触ってみて下さい」。

オレゲールの難易度を下げた要求に、パウラは涙目で応える。片方の手を、ゆっくりと秘豆に伸ばした。

パウラの細い指先が、その先端に触れる。

「あっ……」

皮を剥かれて無防備になっていた秘豆はパウラが考えていた以上に敏感で、自分で触れた瞬間に、押さえていた左右の足がびくんと動いた。

「パウラ、自分で触って気持ち良くなりましたね……そのまま続けてみますか？」

パウラはオレゲールがなかなか触れてくれないことに痺れを切らしたのか、ますます泣きそうな顔をしながら首を横に振った。

「すみません、少しやり過ぎましたね。……お詫びに、沢山気持ち良くなって下さい」

オレゲールは片手をパウラの胸から離すと、愛液の滴る蜜口《みつぐち》に一度指を二本潜らせ、蜜を纏っててらつくその指で、ぷくんと膨れ上がった秘豆を挟んだ。

「〜〜っぁ、ぁ……」

ぎゅうと押し潰されるように刺激され、パウラは腰を引いて快感に耐えた。左右に開いた足のつま先が、きゅ、と勝手に丸まる。

「パウラ、逃げないで下さい」

「あああっ」

敏感な場所を指で挟まれたまましごかれて、散々焦らされたパウラは呆気なく達する。

しかし、休む間もなく達したばかりの秘豆にオレゲールは吸い付いた。

「ひぃん、はぁん」

吸い付かれたまま顔を動かされ、口内でピストンされて再び達する。

パウラが全身を震わせている間に、オレゲールは激しく開閉を繰り返す蜜壺《みつつぼ》に二本の指を差し入れ、ぷりぷりに尖った秘豆を再び親指で押した。

「ぁふ……うん……」

パウラはあっという間に三度目の絶頂を味わう。

「しっかり陰核で達することを覚えましたね。可愛いですよ、パウラ」

オレゲールがそう言った時には、パウラは全身から汗を流して痙攣《けいれん》し、腕をシーツに投げ出して、見せつけるかのように両足をがに股に開いたまま動けないでいた。

オレゲールは、そんなパウラを眺めながら、普段清楚《せいそ》なパウラがオレゲールだけに痴態《ちたい》を曝しているることに堪らなく興奮を覚える。

動けないパウラの秘豆を更に舌先でつつき、刺激を求めて収縮する蜜壺《みつつぼ》に見入る。

「ひぅ」

パウラの蜜壺《みつつぼ》からは愛液がとめどなく零れ、シーツがぐっしょりと濡れてしまうほどだった。

「パウラ、とっても……可愛らしいですよ」

オレゲールが褒めると、連続で絶頂していたパウラは息を整え頷くこともできないままだったが、口角をあげて嬉しそうにふんわりと笑う。

（……だいぶ、感情や言葉を出してくれるようになりましたね……）

パウラが寝ている最中、オレゲールは彼女の本音を聞くためにいつも会話をするようにしていた。

パウラは寝ている最中の会話自体は覚えていないようだったが、明らかにバラーダ伯爵家に嫁いできた時よりも、感情の表現が豊かになり、また言葉数も増えている。

オレゲールはそれが嬉しくもあり……また、眠っている最中、自分にしか見せなかったパウラの感情に、自分以外の者が触れる機会がある事を少し寂しくも感じていた。

（……ですが、この家をパウラが心から安らげる場所にするためには、必要なことですからね……）

オレゲールは気持ちを切り替え、パウラへの愛撫《あいぶ》に没頭する。

「……っはぁ、ぁんっ……!!」

パウラが小刻みに震えると乳房も小さく震え、大きく悶えれば乳房も大きく揺れた。

「……ぁ、も、オレゲール様ぁ……っ」

パウラが何かを懇願《こんがん》するように、オレゲールを見る。その濡れた瞳と視線が合い、オレゲールの胸は、ドクリと大きな音を奏でた。

（……パウラが、私を欲しがっている……？）

「……やはり怖いですか？　パウラ」

自分の思い込みでパウラを傷つけてはならないと理性が訴え、パウラが否定することをわかりきっていながら、オレゲールは愛撫《あいぶ》をやめてわざとパウラに尋ねる。

案の定、パウラは首を振った。

「どうして欲しいですか？」

言って下さい、と。

とろりとした淫靡《いんび》な視線を送るパウラにお願いすれば、パウラは口を開く。

「……どうか、オレゲール様のもので……ここを埋めて下さい……」

パウラは、先ほどオレゲールが教えたように自ら蜜壺《みつつぼ》を割り開いて切願した。

「私のものを、入れて欲しいのですか？」

オレゲールは興奮にはち切れんばかりの欲望の先を、パウラに擦り付けながら確認する。

「……はい……もう、一週間ずっと……欲しかったのです」

「……っ」

頷くだけだと思っていたパウラは、恥ずかしそうに……小さな声だけれども、オレゲールの耳にはっきりとその気持ちを届けた。

「私もずっと、パウラに触れたくて堪らなかったです……」

オレゲールはそう言いながらパウラの片足を持ち上げる。

「パウラ、これからは休憩する暇なんてありませんよ」

◇◇◇

（ああ……っ、やっと……）

パウラは期待に胸を膨らませた。

オレゲールの肉棒が与える刺激をずっと心待ちにしていたパウラの蜜壺《みつつぼ》は、焦らされ続けてずっと小刻みにひくついている。

その期待に応えるように、オレゲールは愛液で濡れそぼつ恥毛を軽く払うと、丸見えになった蜜《みつ》壺《つぼ》に自分の欲望をゆっくりと、しかし根元まで深々と挿入した。

「あぁ……っ！」

パウラの細い足を抱き締め、綺麗な曲線を描くふくらはぎを舌先でなぞりながらもオレゲールは激しく動く。

「あんっあぁ……ッツ」

パウラは、待ち続けていた刺激に言葉を失う。

オレゲールはパウラの最奥まで貫いたまま、円を描くように刺激を送ってくる。パウラはあまりの快感に全身をガクガク痙攣《けいれん》させた。

その快感から逃れる術がわからないいままただ受け止め続けていると、パウラは妙な感覚が沸き上がってくるのを感じて焦る。

（駄目……っ、そのまま、押されてしまったら……!!）

パウラは腰を引こうとしたが、オレゲールに足をがっちり捕まれていて微動だにできない。

パウラの膣が一際うねったことを感じたのか、オレゲールは追撃の手を一切緩めることなくテンポよく腰を打ち付けてきた。

「オレゲール様……、そこ、変、変なのです……！」

（もう、だめぇ……っっ！　何か、出てしまう……っっ!!）

一心不乱に首を振るパウラに、オレゲールは優しい言葉を重ねて何度も囁いた。

「パウラ、大丈夫ですよ。そのまま波を捉えて解放して下さい」

「私しかいません、大丈夫です」

「パウラ、怖がらないで……そのまま噴いてくれたら私は嬉しいです」

（オレゲール様が、喜んで下さる……？）

疑心暗鬼になるパウラの頬を一撫でし、オレゲールはパウラの乱れた髪を優しく耳に掛けてくれる。

「私の前で、全てを曝け出してください」

（本当に、良いのでしょうか……？）

パウラの警戒が少し解けたのを見るや否や、オレゲールは律動をもう一度激しくさせた。

「ひぁあ……っっ」

（もうだめ、もうだめ、もうだめぇ……!!）

オレゲールに突かれ続けたパウラに、そろそろ限界が近付いてきた。

初めて達した時とは比べものにならないほどの重たく深い快感が迫っている。そして解放されたいと身体の中で渦巻いているのをパウラは感じた。

そしてとうとう、オレゲールが蜜壺《みつつぼ》を無遠慮に抉った時。

「ぁっ……〜〜ッッ!!」

ぷしゅうとパウラから液体が放たれる。結合部から放たれるものを見て、オレゲールは笑みを浮かべた。

「……あ……ぁ……」

パウラには何が起こったのかわからなかった。だが、オレゲールはパウラの頭を直ぐさま撫でて、喜びを伝えてくれる。

「パウラ、膣《なか》でも達することができましたね、素晴らしいですよ。貴女がこんなにも感じた姿を見せて下さるなんて、私は心から嬉しいです」

オレゲールの言葉は、救いを求めるパウラの脳へ、媚薬のように広がった。

(何故だかわからないけれど、オレゲール様が喜んでくれた……)

「ふ……ぁ……」

蕩けた表情を浮かべたパウラが頷いたところで、オレゲールはパウラの足を下ろして正常位で腰を抱え直す。

「では、次は私の番ですね」

オレゲールはそう言うと、パウラの最奥まで欲望を一気に突き上げた。

「あんっ！」

パウラの嬌声《きょうせい》が、夫婦の寝室に響く。

達したばかりのパウラに、再び快感の波が襲い掛かる。

(頭が、どうにか、なってしまいそう……)

「どうですか、パウラ。ずっと欲しかった、私の肉棒《もの》は」

パウラの中はオレゲールを歓迎し、ぐねぐねと動いて奥まで呑み込むように収縮する。

淫《みだ》らな水音と、欲望を根元まで咥え込んで離さない蜜壺《みつつぼ》。

腰を叩きつける音と、ぶるんと震える胸。

ビクビク跳ね上がる細い脚。

二人は耳で感じて、目で感じ。互いに溺れ合って、そしてやがて……同時に爆ぜた。


「パウラ、本当に自分で拭くのですか？」

先日のパウラは行為後あっという間に寝てしまったが、今日はそのまま寝入ることなく、目をしょぼしょぼさせながらも懸命に意識を保っていた。

（先日はオレゲール様の手を煩わせてしまっていたなんて……）

パウラはぺこりと頭を下げながら後ろから差し出された蒸しタオルを受け取り、そっと自分で身体を拭った。公爵令嬢だったパウラは、身の回りの世話を全て使用人がしていた。だから、自分で何かをするのは久しぶりだ。

（温かくて、気持ち良い……）

パウラがその温かさを満喫《まんきつ》しながらもたもたと拭いていると、あっという間に蒸しタオルは冷たくなった。両腕すら温かいうちに拭えなかった、とパウラがしょんぼりしていると、背中に温かいタオルをあてられる。

「そのスピードだと今あるタオルでは足りなくなるので、私もお手伝いさせて頂きますね」

後ろを振り向くと、オレゲールがそう言いながらクスクス笑っていた。そして、素早く丁寧にパウラの上半身を拭いあげる。

結局オレゲールの手を煩わせてしまった。こんな自分に呆れていないだろうかと様子を窺うと、オレゲールは不思議なほどご機嫌な様子だ。

「パウラ、下半身も拭かせて下さい」

びく！　とパウラが身体を震わせ、恐る恐るオレゲールを見る。

「拭かれるのが恥ずかしければ……そうですね、四つん這いになって頂けますか？　それなら私の顔は見えませんし」

オレゲールはさながらパウラの羞恥心《しゅうちしん》に配慮《はいりょ》した結果、という態度で囁いた。

「はい」

オレゲールの言葉通り、オレゲールに下半身を拭われるのが恥ずかしかったパウラは素直にその指示に従う。

パウラのまろやかなお尻が、オレゲールに向けて突き出される。

その時やっと、この体勢だとオレゲールの顔は見ないですむものの、これはこれでお尻の穴までしっかり見られてしまう恥ずかしい体勢であることにパウラは気付いた。

(どうかオレゲール様が気付きませんように……！)

パウラは慌てて顔を目の前の枕に埋めて隠し、早く終わるように願う。

「足を軽く開いて下さい」

パウラがそろりと足を開くと、濡れた蜜壺《みつつぼ》からポタリポタリとオレゲールの放ったものが垂れ落ちる。

「……少し掻き出しますね」

「ぁっ……」

膣の下にタオルをあてたまま、オレゲールは精液と愛液の混ざった蜜壺《みつつぼ》を開いた。

「んっ……」

オレゲールはただ清めてくれているだけなのに、パウラはついつい反応してしまう。オレゲールに触れられると甘やかな声が我慢できなくなるのだ。

「終わりました。さぁ、寝ましょうか」

オレゲールは爽やかに言うと、汚れたシーツの上にふわふわのタオルを敷いてくれる。先日のガウンはないのだろうかと辺りを見回すが、オレゲールは裸体のパウラをそのまま寝かせた。

（裸で寝たことはないから、少し恥ずかしい……）

それでもオレゲールが優しく掛布を掛けてくれたので、大人しく横になる。

「パウラの温もりを感じたまま寝たいのですが、抱き締めてもよろしいでしょうか？」

オレゲールにそう言われては断れず、パウラはドキドキしながら頷く。

オレゲールはパウラの了承を確認すると、彼女と距離を詰めてその身体を抱き締めた。

（……温かい……）

大好きなオレゲールに抱き締められ、その温かさと喜びにパウラは泣きそうになる。

パウラに己を埋めたまま眠りたいとオレゲールが考えていることなど露知らず、パウラの瞼《まぶた》はゆっくり落ちたのだった。

◇◇◇

パウラの寝顔を少し眺めてから、オレゲールは寝室を離れた。

オレゲールが向かったのは、伯爵家にある離れ……にある、処刑室だ。

その存在は限られた者しか知らず、またその扉は手順を間違えると開かないようになっていた。

オレゲールの曾祖父が宰相《さいしょう》を勤めていた頃。

今とは比べものにならないほどの貴族間の派閥《はばつ》や溝があった時代。

王家にとって不都合な人間を秘密裏に処理するために作られたこの部屋を、まさか自分がそういう意味で使うとはオレゲールも思っていなかった。

裏庭の、長い蔦で覆われた古い扉の前に立つ。普段鎖で封鎖されている入り口は、今だけ人の出入りを許し、その暗い口を開けていた。

◇◇◇

ざぱり、と水を掛けられ、ゲインは意識を取り戻した。

「……こ、ここはどこだ⁉」

ホテルで捕らえられたゲインは、そのまま警ら隊の留置所に入れられていたはずだった。

しかし、ゲインは暗い部屋にいて、足枷と手枷をされている。

顔を上げると、じゃらり、と音がした。まるでペットのように、首にも重たい鉄でできた首輪を付けられている。

部屋はとても暗くて、何も見えない。その、異常な状況にゲインは慌て、ぞわりと鳥肌を立てた。

多少犯罪者扱いをされるものの、直ぐに解放されて自由になる。

ホテルで身柄を拘束されて、警ら隊に連れていかれた時、ゲインはそう楽観的に考えていた。

今までもターゲットに逃げられ揉めたことはあり、同じように捕まったこともあった。しかし、ゲインとの関係を公表されたくない女性達は結局のところ詳しい証言をせず、自分は直ぐに釈放されたのだ。多少の騒動になっても、口の達者なゲインはそれすら社交場で話題にして、なんら変わらない日々を送ってきた。

だから、今回も同じだと確信していた。

なんなら、バラーダ伯爵家相手に名誉毀損《めいよきそん》で訴える姿勢を見せようかとすら考えていた。何故なら、バラーダ伯爵夫人は沈黙の公爵令嬢と呼ばれ、他人と会話らしい会話ができないからである。

ゲインは、バラーダ伯爵夫人の腕を無理やり引っ張る行為などはしていない。人の見える範囲では、あくまで紳士的に振る舞い、部屋までエスコートしたのみだ。部屋まで喜んでついてきたのは彼女の方なのだから、後はゲインの話術で、バラーダ伯爵夫人が誘ったという話を真実のように伝えれば、伯爵家からお金を搾り取れるだろう。

もし嘘だと思われたのだとしても、バラーダ伯爵夫人の名誉のために「男に襲われた」という醜聞は隠したいだろうから、そちらで口止め料を毟り取る方法もある。

ただそれだけの話だったのに、まるで想像していなかった自らの状況に、ゲインの頭は混乱する。

そんなゲインの耳に、聞いたことのある、低く聞き取りやすい落ち着いた声が入ってきた。

「お久しぶりですね、ゲインさん」

「……バラーダ伯爵？」

ゲインは、目を凝らした。何も見えないが、暗闇に慣れてきた目が何となく目の前にある少し離れた椅子を捉えた気がした。

そしてそこに、人が座っている気配。

「よくお休みになられたようなので、起こさせて頂きました」

「……人に水を掛けるのが起こす手段とは、随分と乱暴なのですね」

出端を挫かれてはならないと、ゲインは皮肉を強気に言い放った。確かに捕らえられはしたが、一時的な処置であり、まだゲインは犯罪者と決まった訳ではない。それなのにこんな仕打ちをするなんて、宰相《さいしょう》職にも就く者が、露見すれば随分と問題となる行動を起こしたものだなと心の中で嘲笑った。

「ええ、申し訳ないのですが私は忙しい身なのです。では早速ですが、妻の件で少し私とお話をさせて下さい」

オレゲールはあっという間に本題に入った。

ここからが腕の見せ所だ、とゲインは感じる。

男の怒りは、女に向ければいい。自分は女に惑わされた、哀れなピエロを演じるだけなのだ。

「……わ、私はバラーダ伯爵夫人に誘われたのです……！　私は、伯爵様を裏切る訳にはいかないと言ったのですが、バラーダ伯爵夫人が急に……！」

「パウラが急に？」

「……わ、私をベッドに誘ってきまして……」

「そうですか。どんな風に？」

「……バラーダ伯爵様に私の口からそれを申すのは……流石に憚《はばか》られます……」

ゲインはそう言って、項垂れてみせた。

「お気遣いありがとうございます、ゲインさん」

その言葉に、俯いたまま口端が上がるのをゲインは必死で堪える。

「しかし、パウラの言い分とはだいぶ食い違いがありますね」

オレゲールは御礼を言いつつ、部屋の松明《たいまつ》を燃やして明かりをつけた。

「ひっ……‼」

ゲインは、部屋一面にこびりついた血の跡と、部屋の壁に並ぶものを見て青ざめ言葉を失う。

「だからこの場合重要なのは、第三者の証言ですかね。部屋に駆け付けた侍女、護衛、そしてホテルの係員」

「そ、その者達が、バラーダ伯爵夫人に頼まれて証言したのかもしれません……！」

「泣いて嫌がるパウラにゲインさんが伸し掛かっていた、と証言しろと、パウラが言ったのですか？　ゲインさんもご存知ですよね？　パウラは上手に話せないことを」

自分が利用しようと思っていた「沈黙の公爵令嬢」を逆手に取られ、ゲインは焦る。

「真実は違うのです……どうか、お許しを！　お許しを!!」

この部屋はあまりにも平和な世界からかけ離れていて、ゲインはその空気に圧倒されて普段は軽快なテンポで奏でる言葉が一切思い浮かばない。口から滑り出るのは、ゲインが普段馬鹿にしている温情に訴えた嘆願、そして懇願《こんがん》だった。

「……ここには、沢山の専用道具があります。嘘を言う舌を引っこ抜くペンチ、私の大切な人に触れた腕を切るための鋸《のこぎり》、二度と近寄らせないように足を切り落とすための斧、そして彼女の下半身を見た眼球をくりぬくための特殊な道具」

「ひ、あ、あ……」

オレゲールがひとつひとつを手にし、ゲインの目の前でちらつかせる。下半身に力を入れなければ、勝手に足が震えて漏れそうだった。

「ですが、これを使うのは私ではありません。調べたところ、貴方に陥れられ、死にたいほど辛い思いをされた方々は他に沢山いらっしゃったので……貴方とこれらの道具を、その方々に引き渡すことに致しました」

「さ、裁判でっ！　正当に、真っ当に……刑を受けますから……!!」

その瞬間、オレゲールは手にしていたナイフの剣先をゲインの開いた口に突き付けた。

「私の妻の、心の傷を抉らないで下さいますか？　私が望むことは、貴方の名前や顔がこの世のどこにも二度と出ず、妻が貴方のことを思い出すことなく忘れ去ることなのですよ」

ゲインは口を開けたまま、喉をひくりと震わせる。

「おとなひくいあかでっ《大人しく田舎で》……いきけいきあふかあ《生きていきますから》……!!」

ゲインの下半身が生暖かく濡れ、両目から涙が、鼻から鼻水が、口から涎が流れ出る。

「運が良ければ、きっとどこかで生きていけますよ、貴方の美貌《びぼう》なら。ただ、あることないことを言われたり書かれたりしても困るので……舌と手と腕は切る、ということを貴方の引き渡しの条件には致しましたがね」

オレゲールは苦笑しながら言った。

一見優しささえ感じるその笑みの向こうに、一切躊躇いの見られない堅固な意思を感じて、ゲインは漸《ようや》く手を出した相手を間違えた、という事実に気付いたのだった。

オレゲールは確かに、露見すれば随分と問題となる行動を起こした。

しかしこれは、絶対に露見することのない私刑なのであった。

◇◇◇

事件のあったその日もその後も、バラーダ伯爵家の屋敷に戻ったパウラが事情聴取を受けることはなかった。

ゲインの話をする者は屋敷の中にはおらず、何もなかったかのような時間だけが過ぎていく。

しかし、パウラはどうしてもゲインの小さな弟子《でし》であるリリーが気になり、とうとう自分からオレゲールに尋ねた。

オレゲールの話では、リリーは元いた孤児院に戻されたという。

「あんなに才能があったのに……」

パウラが申し訳なく思っていると、オレゲールは「……我が家の庭園を設計したのも、ゲインが有名になったきっかけの庭園を設計したのも……、リリーだったそうです」と教えてくれた。

パウラは驚いた。

ゲインは元々、その容姿で貴族の未亡人《みぼうじん》に気に入られて、他の貴族に紹介されたことで認知度が高まった。その未亡人《みぼうじん》がパトロンとなり、ゲインは派手で個性的な温室や庭園を売りにして庭園の設計を手掛けていたが、その頃の客からの評判はいまいちパッとしなかったという。

そこに、たまたま孤児であるリリーとの出会いがあった。リリーの想像力や発想力はゲインの能力を大幅に超えるもので、ゲインは当時七歳だったリリーを弟子《でし》として雇い入れ、その設計を全て自分のものとして発表していた。

リリーの庭園は、あっという間に有名になった。ゲインはリリーに嫉妬《しっと》しながらも、その能力を搾取し続けたらしい。

ある程度有名になったとはいえ、爵位もなく確かな後ろ盾がある訳でもないゲインには、大きな仕事はなかなか回ってこない。ゲインは自分の容姿を武器にし、あらゆる手練手管を使って未亡人《みぼうじん》や行き遅れの令嬢を引っ掛け、貴族の屋敷に関する仕事を獲得していったそうだ。

初めのうちは庭園設計の仕事を得るためのきっかけだった女性との戯れも、金が手元に集まり始めると徐々に見境がなくなっていった。

やがて無理に事を進めるようになり、相手を脅し、新しい仕事や金品を要求するようになっていく。彼が通常の庭園設計士以上に手に入れたお金は、そうした汚いやり方で稼いだお金だ。

リリーには食事ができる程度のお金を渡し、残りは全てゲインが管理していた。リリーを可愛がることもなく、「一日三食、食事が食べられるだけでも有り難い」という孤児の少女から、お金も才能も巻き上げ続けていたのだ。

その話を聞いたパウラは、庭園から受けたイメージとゲインが全く似つかわしくなかったことを思い出した。

庭師も絶賛していた、温かみのある植物に対する愛情溢れる庭園は、リリーが設計していたのかと思うと、納得がいった。むしろ、何故あの時気付かなかったのだろうとすら思う。

「……バラーダ伯爵家の庭師に、リリーの面倒を見て頂くことは可能でしょうか？」

庭師もその息子も、リリーに対して良くしてくれそうな予感がした。リリーの才能をこのまま眠らせるのは、あまりにも勿体無い。

「パウラはそれでも大丈夫なのですか？　その……辛い記憶が蘇ったりしないかと……」

オレゲールが言いにくそうに、それでもパウラを気遣い尋ねてくれて、パウラは微笑みながら首を横に振る。

「そうですか。パウラが平気なのならば……辛くないなら、庭師に相談してみましょう」

パウラだけの意見でなく、庭師の意見も尊重するオレゲールを改めて素敵だとパウラは思った。

人を育てていくのは簡単ではない。面倒を見ろとオレゲールに言われてしまえばそれは命令でしかなく、精神的に余裕がなければその鬱憤《うっぷん》は弱い者に向けられてしまう場合もある。

結果として、リリーはバラーダ伯爵家の庭師の元で過ごすこととなった。庭師の息子と仲が良く、また器量よしで庭師は「息子には勿体無い」とリリーを猫可愛がりしているらしい。

気になっていたリリーが幸せな方向に歩み始めたのを知り、パウラはとても嬉しく満足していた。

ゲインの事件はパウラにとってあまり思い出したくない出来事だったが、一人の少女の将来を守ることができたのだと思えば、不愉快であっても、それも必要なことだったのだと思うことができた。

五、職場訪問とヒロインとの出会い

パウラはずっと、走って逃げていた。

『私を誘っておいでですか』

『誰も来ませんよ』

『私達も楽しみましょう』

『逃げても無駄です』

「や、やめて……っっ」

いくつもの大きな手が、パウラを追いかけていた。

パウラは何も見えない真っ暗闇の中、ひたすら一人の名前を呼んで駆け続ける。

「いやっ……、オレゲール様……っ」

「……ま、……」

「……オレゲール様、助け……」

「……ま、奥様っ!!」

伸ばした手を、ぎゅ、と握られてパウラは目を開けた。

はぁ、はぁ、はぁ、と息が切れ、パウラの額には汗が浮いていた。

（……夢……）

「……奥様、魘《うな》されていましたが……大丈夫ですか？」

「……だい、丈夫……ありがとう、……アイカナ」

メイリー、と続けそうになり、パウラは辛うじて間違えずにすんだ。

メイリーはあの事件の後、バラーダ伯爵家を退職し、自宅に近い他の職場に侍女ではなくメイドとして働くことになった。

事件が原因だと察したパウラは、何度も拙い言葉でメイリーに非はないと伝えた。

しかし、「両親の具合があまり良くないので、もっと近くの職場を希望しただけです」と言われ、それ以上は何も言えなかったのだ。

メイリーの新しい職場はオレゲールが紹介した屋敷なので、彼女は一定の待遇を受けているだろう。きっと、虐《しいた》げられることはないとパウラは安堵《あんど》している。

偶に自分のことを思い出してくれたら嬉しいものだが、メイリーが幸せに楽しく暮らせるならそれでいい。自分にとって彼女の存在は生活の一部だったとしても、相手にとってパウラの存在は仕事の一部なのだから、身の置き所は選択する権利がある。

パウラが頷いて上体を起こそうとすると、新しい侍女――アイカナはパウラの背中に手を当て助けてくれた。

「汗をかかれていますね。今、拭くものをお持ち致します。後、オレゲール様にもご報告を……」

パウラは慌ててアイカナの袖口を引っ張り、首を振った。

ただでさえ仕事が忙しいのに余計な心配を掛けてしまうかもしれないと思えば、オレゲールに話されるのは嫌だった。

「……わかりました、オレゲール様へのご報告はやめておきますね」

パウラの言いたいことを察したアイカナが困り顔ながらもそう言ってくれたので、パウラは頷く。

タオルを取りに行くアイカナの背中を見送りながら、パウラは額に手を当てた。

ゲインに襲われたものの未遂《みすい》だったため、自分はそこまで心の傷を負っていないと、パウラは考えていた。実際オレゲールと身体を重ねた時、恐怖など微塵《みじん》も感じなかったこともある。

けれども自分が本当に恐怖していることは、誤解したオレゲールが自分から離れていくことだったり、自分と距離を置いてしまうことだったりするようだと、夢を見たことで逆に気付いた。

あれからゲインの話は、パウラの耳には一切入ってこない。箝口令《かんこうれい》が敷かれているのだろう。

それは理解できるし、話を聞きたいとも思わないのだが、ゲインが自分についてどう話しているのかもわからなかった。ゲインは言葉が巧みで、リリーに対する態度はともかく、話を面白おかしくして相手に好意を抱かせるのが得意だ。対してパウラは言葉での説明が苦手で、ゲインに言い負かされたり言い包められたりするだろうと簡単に想像がついてしまう。

誰もあの日のことを、パウラに聞かない。

けれども聞かないということは、ゲインの一方的な話で事実が捻じ曲げられてしまうのではないかと、パウラは危惧する。

自分がオレゲール以外の人を好ましく感じたり、誘ったりしたのではないかとオレゲールに疑われることだけは、心底嫌だった。

（オレゲール様……いつお休みがとれるのかしら……）

パウラは一度、オレゲールの時間がある時に、短くてもいいから直接ゲインのことを話そうと心に決めていた。

しかし、結局口を開くことはできず、やっとの思いで尋ねることができたのはゲインの弟子《でし》であったリリーのことだけであった。

パウラがバラーダ伯爵家に嫁いでからというもの、オレゲールの帰宅は格段に早くなったとレイブンや他の使用人達は太鼓判《たいこばん》を押すものの、オレゲールが自宅に帰れない日はまだまだ沢山ある。

（オレゲール様に、お会いしたい）

「奥様。オレゲール様は、恐らくまともに食事も摂られていないでしょうから……これから差し入れに行こうと考えているのですが」

その日の昼前、タイミングよく告げられたレイブンの言葉にパウラは飛び付いた。

「わ、私が代わりに行っても差し支えないでしょうか？」

頬を染めて懇願《こんがん》するパウラに、レイブンは優しい笑みを向ける。

ゲインの事件の後、誰もパウラに外出を勧めることができなかった。だからこそ、彼女が自ら屋敷の外に出る意志を見せたことは、使用人達を喜ばせた。

表向きだけだったとしても、パウラに外出をする元気が出てきたことは、とても喜ばしいことだ。

買い物などの外出とは違って、目的地がオレゲールの職場、つまり王城であるのだから、危険に巻き込まれる心配もない。こうして少しずつ、また行動範囲が広がればいい。

　レイブンはそう思っていた。

「勿論です、奥様。奥様に差し入れて頂けたら、きっとオレゲール様も私が届けるよりずっとお喜びになられるでしょう」

「……そうかしら……そう、だと嬉しいけれど……」

　オレゲールは、邪魔だと思うかもしれない。でもきっと優しいから、無下に扱うこともできずに困らせてしまうかもしれない。

　オレゲールに会えることが嬉しくて瞳を輝かせていたパウラが見る間に肩を落とすのを目の当たりにし、レイブンは苦笑した。

　パウラを溺愛しているオレゲールの反応はわかりきっている。わかっていないのは、当人だけだ。

「大丈夫ですよ、奥様。忙しそうであれば、渡して顔を見てくるだけでも……きっとお互いに安心できますよ」

　そんなことには絶対ならないとわかっていながら、パウラが気兼ねしないようにレイブンは言葉を選ぶ。

　パウラがやっと、頷いた。

（……そうですよね。オレゲール様の邪魔をしないように、顔を見たら直ぐに戻って参りましょう）

　こうして、パウラは初めてオレゲールの職場訪問をすることになった。

「これはこれは！　公爵令嬢ではありませんか！」

まるで迷路のような王城の回廊《かいろう》をジェフと共に歩いている最中、パウラは中庭から声を掛けられて足を止めた。

「第一王子殿下に、ご挨拶申し上げます」
ス、とパウラは優美なお辞儀をして、そのままの姿勢をキープした。しかしその顔色は青い。注意深く見なければわからないが、彼女はカタカタと震えていた。
「いいよ、顔を上げて」

「……はい」

パウラはバッドエンドを避けるために、ひたすら第一王子とも接点を持たないようにしていた。そのわかりやすい一例が婚約を断った一件だ。それは目の前の人のせいではないので、本当に申し訳なかったと思っている。

ただ、今でもオレゲール以外の攻略対象者達には会いたくないと、本能的に彼等を避ける傾向にあった。パウラの言動のひとつひとつがどう相手に捉えられるかわからない。

いつ何時、悪役令嬢に仕立てられてしまうのかも予想ができず、オレゲールと夫婦となった今では彼にまで迷惑が掛かるのではないかと不安が募った。

「今日は、舞踏会はなかったはずだよね？　公爵令嬢がこんなところにいるのを見るのなんて、何年ぶりだろう？」

「ご無沙汰して申し訳ありません」

（……あら？　意外と……友好的？）

しかし、実際にこうして会って言葉を交わしてみれば、第一王子のパウラに対する態度は悪役令嬢に対するものとは違う気がした。少しホッとして、肩の荷を下ろす。

「で、今日はどうしたの？」

「オレゲール様に……夫に、差し入れを持って参りました……」

オレゲールを初めて「夫」と呼び、パウラは頬をパッと赤く染めた。パウラとオレゲールは結婚式を挙げていないし、パウラには令嬢の友人などもいないから、屋敷に誰かを招待したこともない。だからパウラはまだ、オレゲールのことを誰かに「夫」と紹介したことがないのだ。第一王子にそう伝えて、今さらだが自分はオレゲールの妻なのだ、という実感が沸いてくる。

つい嬉しくてパウラの口角があがり、それを見た第一王子は少し目を見張る。

「……なんだか、前は人形みたいだったけど……随分、変わったんだね？」

そう言われ、自覚のないパウラは首を傾げる。第一王子は、そんなパウラに吸い寄せられるように顔を近付けた。

「……うん、やっぱり変わった。そんなに可愛い顔なんて見たことなかったよ……前は無表情で人間味のない顔をしていたのに」

「……」

褒められているような、そうでないような、パウラはどう反応していいのかわからず、困った顔をして足元を見る。

「あと、なんだか色っぽくなったね。オレゲールなんて、夜も淡々としてそうだけど、違うの？」

第一王子が、返答に困る失礼極まりない質問をしたところで、地を這うような声が響いた。

「第一王子殿下、そこまでにして下さい。妻が困っているではありませんか。パウラ、こちらへおいで」

「オレゲール様！」

突如現れたオレゲールにパウラは嬉々として、ととと、と小走りで走り寄る。

パウラの笑顔を目の前にした第一王子は、前髪をかきあげながら呟いた。

「……うーん、ちょっと……いやだいぶ、勿体無いことしたかも」

「第一王子殿下。訂正させて頂きますが、パウラはもう公爵令嬢ではありません。私の妻ですから」

「あれ？　そうなんだっけ？」

第一王子は首を傾げながら、わかりきっていることを飄々として尋ねてくる。

「そうです」

「君達、結婚式すら挙げなかったから、話が流れたのかと思ったよ」

「……」

結婚式は確かに挙げていないが、その後きちんと王族達への挨拶はすませており、第一王子もしっかり列席していた。

呆れたオレゲールは、第一王子に構うのをやめて、パウラと向き合う。

「パウラ、今日はどうしたのですか？　何か急用ですか？」

パウラが極力王城への出入りをしないことを知っているオレゲールが、心配そうに尋ねた。

「いいえ、すみません、お忙しいところお邪魔して……その、これを……」

普段レイブンが軽食を入れて持たせるバスケットを見て、オレゲールは直ぐに察した。

「まさか、邪魔だなんてことありません。貴女がわざわざ私の職場まで届けに来て下さり、お顔を見ることができてとても嬉しいです」

オレゲールは、先ほどまで第一王子に向けていた仏頂面《ぶっちょうづら》を満面の笑みに変えてパウラの頬を撫で、第一王子はオレゲールのその豹変《ひょうへん》っぷりに驚愕《きょうがく》する。

（あの、どんな美女を目にしても興味を示さず、仕事しかしなかったオレゲールが……！　女っ気が全くなかったオレゲールが……!!）

パウラは擽ったそうに目を細めて、オレゲールの手に自分の小さな手を添えた。オレゲールの笑顔を見て、パウラの表情も自然と綻ぶ。

「これをお部屋までお届け致しましたら、直ぐにお暇《いとま》致しますので……」

「そんな寂しいことをおっしゃらないで下さい。丁度少し休憩したいと思っていたところです。パウラが傍にいて下さると、私の心も休まるのですが」

二人のやり取りに、傍で見ていた第一王子は瞠目する。

（完全に二人の世界だな。考えてみれば、オレゲールはわざわざ執務室を出て、公爵令嬢を迎えに

来たということか？　一分一秒を惜しむ奴が……‼）

パウラ以上にオレゲールが変貌《へんぼう》していた、と第一王子は気付いて唖然《あぜん》とする。

（女は静かで控えめで……仕事の邪魔さえしなきゃいい、余計な手間を掛けさせなければいいって言っていた奴はどこに行った？）

「では殿下、私達はこれで失礼致します」

「あ、ああ……」

「パウラ、荷物は私が持ちましょう」

オレゲールは、パウラがぺこりと頭を下げる様子ですら第一王子には見せたくないとでも言うかのように、パウラを自分の身体で覆い隠しながら、仲睦まじく去っていった。


オレゲールの執務室は応接室も兼ねた仕事部屋で、オレゲール以外に五人の部下が同じ執務室で働いていた。

「オレゲール様の奥様ですかっ？　ようこそいらっしゃいました‼」

「では私達は休憩してきまーす！」

「ごゆっくり‼」

オレゲールがパウラの肩を抱きながら入室すると、彼らはパウラを歓迎しつつ、挨拶もそこそこに止める間もなく執務室を後にする。

「こんなところで申し訳ないですが」

オレゲールはパウラと二人きりになった執務室で、レイブンの持たせてくれた差し入れを、出入り口と部下達の机の間にある大きな応接テーブルの上に置く。

その最中、ついパウラは失礼のない程度にオレゲールの執務室を見回していた。

一番奥にあるオレゲールの机の上に、以前プレゼントしたインク壺が置かれているのを発見し、パウラは喜ぶ。

「パウラ、一緒に頂きましょう」

オレゲールに誘われ、パウラは首を振る。

「いいえ、それはオレゲール様の分なので……」

「パウラの分もきちんと入っていますよ」

「え？」

オレゲールに言われて見れば、確かにパウラの分が別に用意されていた。レイブンがいつの間にか指示していたらしい。

結局二人は、ソファに並んで座って一緒に差し入れをつまんだ。食事中にここまでオレゲールとの距離が近くなるのはデートの時以来で珍しく、パウラの胸はドキドキ高鳴る。

（オレゲール様がお城に泊まり込みの際は、このソファでお休みになられるのかしら……？）

今自分の座っている普通のソファに、オレゲールが休息のために身体を横たえるのかも、と考えただけでパウラはソファを撫でたくなった。

そんなパウラの様子を知ってか知らずか、パウラより食事を先に終えたオレゲールが、執務室の奥のドアを指差してパウラに聞く。

「パウラ、あの先も私がよく使う部屋なのですが、後で覗いてみますか？」

「はい」

聞かれてパウラは、無邪気に返事をした。


オレゲールが案内した扉の先は、仮眠室だった。シャワー室も備え付けられている。

パウラが部屋の中に入りキョロキョロ見回したしたところで、オレゲールは後ろからパウラを抱き締め、簡易ベッドに押し倒す。

「会いたかったです、パウラ……」

ぎゅうとオレゲールに抱き締められ、胸に巣食っていた恋しさと切なさが、パウラの胸をも締め付ける。

「……私も、お会いしたかったです……」

自分の気持ちが伝わるように願いを込めて、パウラはオレゲールの背中に腕を回す。瞳を閉じて、オレゲールの鼓動と香りを感じた。今なら、話せる気がする。

「オレゲール様、今、少し……、あの日のお話をしてもよろしいでしょうか」

「あの日？」

「その……庭園設計士の、人のことです」

「パウラ」

オレゲールはベッドの上で上体を起こし、パウラの腕を引っ張ると同じように座らせた。向き合うように座って、そしてじっと視線を交わす。

「パウラ。私を信じて下さい」

「……え？」

自分が言おうとした言葉を逆にオレゲールから言われ、パウラは目を見開く。

「いいですか、パウラ。私は貴女を信じています。貴女が私を好きだと言って下さったことが全てで、その事実には誰も介入できませんし、させません。貴女の気持ちを信じる、私を信じて欲しいのです」

（どういう……ことだろう……）

パウラはオレゲールの言葉を受け止めようとした。パウラからゲインをそのつもりで誘ったことなどないと、部屋に入ったのは純粋に設計図を見たかっただけだと、言うつもりだったけれども。

（そんなこと、私が改めてオレゲール様に言うまでもないということ……？）

その時、パウラは気付いた。相手を信じていなかったのは、自分の方だったと。パウラは、オレゲールだけが好きで堪らないという、自分の気持ちは知っている。けれども、オレゲールから好かれているという自信は、どうしても持てなかった。

自分は、悪役令嬢だから。

だから、オレゲールがゲインの言葉を信じてしまうかもしれない、などと考えた。自分から離れていって欲しくないと、願った。オレゲールはそんな人ではないと思いながら、きちんと話さなければ誤解を解けないと思ったのは、自分が不安だったからだ。

オレゲールを、信じきれなかったから。

「……ありがとう、ございます……」

「私は貴女が想像する以上に、貴女を好きなのですよ、パウラ」

「はい……」

パウラの眦《まなじり》から、ポロポロと涙が零れる。オレゲールはそれを指で絡め取りながら「今パウラを泣かせたら、職場の同僚にずっと言われそうですね」とおどけたように言い、パウラはくすくすと笑ってしまった。

「オレゲール様……」

ベッドの上に座るオレゲールにパウラから近付き、再び抱き締め合う。ずっと感じたかった温もりに触れ、二人の心に充足感が広がっていく。

どちらともなく唇を寄せ合い、舌先を絡めた。キスの合間に、パウラは囁く。

「オレゲール様、好き……」

「私もです、パウラ」

オレゲールがパウラをベッドに押し倒すとその手は不埒に動き出し、パウラのドレスの中に滑り込んで太腿《ふともも》の内側を撫でた。パウラは慌ててオレゲールの身体の下から抜け出そうとしたが、オレゲールはそれを許さず、びくとも動かない。

オレゲールの指は閉じた太腿《ふともも》の間にやすやすと入り込み、やたら面積の小さいショーツをするりと撫でる。

「……ん」

「キスしかしていないのに、もう濡れていますね、パウラ」

オレゲールに言われて、パウラは羞恥で顔を背ける。オレゲールはそんなパウラの首もとから耳の後ろまで舌を這わせ、ショーツの隙間に差し込んだ指先を動かしてくちくちと淫らな水音を鳴らした。

「オレゲール様、これではっ、あっ、ご休憩に、ならないのでは……っ」

オレゲールの愛撫《あいぶ》を受けながら、パウラは懸命にその行為を止めようとする。

しかし、快感に慣らされたパウラの身体は正直で、オレゲールを待ちわびるかのように、その蜜口《みつぐち》には愛液がたっぷり湛えられていた。

「パウラが私の安らぎですから。……嫌だったら言って下さい、パウラ」

「あぁんっ……」

ずぷ、と指を泥濘《ぬかるみ》に挿入される。以前は指一本でもきつかったパウラの蜜壺《みつつぼ》は、急に差し込まれた二本の指を歓迎するかのように中へ引き込み、きゅうう、と収縮する。

オレゲールは差し込んだ指を少し曲げて、押し込むようにしながら愛撫《あいぶ》する。

「は、んん……っ」

服を着たまま激しくかき乱されて、パウラは悶えた。

「ほら、ここを押されるのは好きですよね？　もっと太いモノで突いて欲しいとは思いませんか？」

指を引き抜いたオレゲールはそう言うなりズボンの前を寛げ、パウラのドレスを腰まで捲り、ショーツを少しずらすと完全に勃起した肉棒をあてがった。

「……っ」

パウラは、何も言えずにぎゅっと眼を瞑《つむ》る。身体はずっと、オレゲールを欲しがっていた。けれども、オレゲールの職場で服も脱がず、明るい中で交わるという行為は許しがたい。それでもその背徳感が、パウラの言葉も行動も思考も停止させる。パウラに抵抗の意思がないことを確認したオレゲールは、パウラの耳元で囁く。

「……入れます、ね」

「あっ……」

「まだ少し入れただけなのに、蕩けた顔をして……パウラは本当に、可愛いですね……ッ」

可愛いと言われ、パウラの中は喜びにうねってオレゲールの肉棒をぎゅうと絞り上げた。

「ッ……、今日は、焦らす余裕はなさそうです」

オレゲールはそう言い、直ぐに激しく腰を叩き付ける。

「つぁ、あん……ッ」

「パウラの声が外に漏れそうですね」

パウラが堪らず喘《あえ》ぎ出すと、オレゲールは動きを緩めることなく揶揄《やゆ》する。

パウラは涙目になりながら必死に両手で口を押えたが、オレゲールはそんなパウラの姿に加虐心が煽られたのか、更に激しく腰を振った。

上半身は服をきちっと着たままなのに、下半身はドレスを捲られて足を全開にさせている。ショーツは履いたままなのに、蜜壺《みつつぼ》ははしたなく泡立っている。

快感に流されまいとしつつも身体をヒクヒクと痙攣《けいれん》させ、パウラは今までにない刺激に身を震わせていた。

「パウラはとても正直ですね」

「オレゲール、さ、まぁ……っっ」

「パウラも、こんなところで犯されて、いつもより感じていますか？　締め付けてきますよ……っ！」

そう囁きながら、オレゲールはパウラの耳の中に舌先を伸ばしてきた。耳を舐め回される水音がパウラの聴覚を犯し、ぞくぞくとした痺れを背筋までもたらした。

「ん……は、何か、出ちゃいます……っ」

パウラは、オレゲールに身体の奥底を突かれる度に、ひたひたと快感が蓄積されていくのを感じて慌てる。

「いいですよ、タオルで押さえますから、そのまま出して下さい」

オレゲールは普段清楚《せいそ》で無表情な妻の、貞淑とは真逆の淫《みだ》らで恍惚とした表情に肉欲を膨らませ、パウラの中を突き上げ続けた。

「ほんとに……っも、出ちゃ……っっ！　ふぁっ」

やがてわかりやすく収縮しはじめると、潮を吹きながらパウラは絶頂した。

「……、……」

パウラは顔を真っ赤にさせ、身体を震わせる。

「パウラ、パウラのその姿が、私の最高のご褒美です……!!」

オレゲールは律動を止めることなく絶頂したばかりのパウラの最奥を突き続ける。

操り人形のようにカクカクとただ揺さぶられるパウラは喜悦《きえつ》に涙を滲ませ指先一本動かすことができず、オレゲールはやがてその膣《なか》に大量の白濁液を放ったのだった。

◇◇◇

「……今日はすみませんでした、パウラ」

パウラを職場で襲ってしまったその日、帰宅したオレゲールは既に寝ていたパウラの横で懺悔《ざんげ》した。

「……いいえ、謝らないで下さい……私も望んでいましたから……」

パウラは寝ながら、そう言って微笑む。

オレゲールはその微笑に癒されつつも心の内を吐露《とろ》した。

「実は今日は……ちょっと不安になってしまったのです」

起きているパウラには到底言えない話。しかし、寝ているパウラになら話せる気がした。

寝台の上で本音が漏れるのは、パウラだけではなくオレゲールも同じだった。普段見せられない弱気な部分や、好きな女性には格好つけたいがために言えないことも、寝ているパウラにならオレゲールは明かすことができた。

勿論、起きているパウラが受け止めてくれないなどとは思っていない。あくまで話す側のオレゲールの心の問題である。

寝ているパウラはオレゲールがどんなに情けない話をしたとしても、真摯《しんし》に向き合い、そして受け止めてくれていた。

「……何を不安に感じられたのでしょう……」

すやすや寝ながら、パウラはオレゲールに先を促す。

「パウラが、第一王子殿下と仲良さそうに……話していたからです。第一王子殿下はあの通り、誰が見ても完璧な容姿ですから」

第一王子は王家の中でも人気ナンバーワンの美貌《びぼう》を持つ。

年中睡眠不足で目の下の隈がなくならず、仕事に忙殺されて殺伐《さつばつ》とした印象のオレゲールとは対照的に、第一王子はその完璧なルックスを武器にあまたの女性と浮き名を残していた。歯に衣きせぬ物言いをするのに、それすらも許される国民的愛されキャラ。

「……今日は偶々話し掛けられましたが……私と第一王子殿下は仲がいい訳ではありません……」

パウラは不服そうに、眉をひそめる。その嫌そうな表情が可愛らしく、もっとパウラに否定して欲しくてオレゲールはしかし、とつい言い募った。

「相手は、私よりもパウラに釣り合う身分ですし……」

もし、第一王子が本気でパウラを望んだとしたら、オレゲールはパウラに求婚できなかった。人妻となったパウラに今更手を出すとは思えないが……本来パウラの夫となるはずだったのは第一王子で、オレゲールはどんなに彼女のことを愛していても引き下がるしかなかった立場である。

「……私は……オレゲール様でないと嫌です……」

「……」

「……オレゲール様に求婚されて……私がどれほど嬉しかったか……」

「パウラ……」

オレゲールがパウラの額にキスを落とすと、パウラはふわりと微笑んだ。

婚約期間中には全く動かなかった表情。まさかあの無表情の裏側で、自分との結婚を心待ちにしてくれていたとは思わなかった、と今でもオレゲールは思う。

そして、パウラを手に入れた幸運に感謝した。

◇◇◇

「パウラ、今日は恐らくパウラが起きている時間帯には帰れません。寂しい思いをさせて、申し訳ないです」

オレゲールは、パウラの頬にキスをしながらそう伝えた。

パウラは内心しょんぼりしつつも、それを表に出さないようにしてオレゲールを見送る。

「身体に気をつけて行ってらっしゃいませ、オレゲール様」

「はい。ではまた明日」

オレゲールが出勤すると、パウラには穏やかでゆったりとした時間がやってくる。今日は庭師の息子とリリーが、温室でパウラの指示した新しい花の開発をしているというので、その見学をする予定だ。

「……調子はどうですか?」

「はい、順調です!」

リリーは顔に土をつけたまま、パウラが到着すると嬉しそうに顔を輝かせる。

「増産もできそうですか?」

「今はまだ、効果が定着していないのでなんとも言えませんが……早いうちにできるかと思います」

パウラは頷いて、リリーの頭を撫でた。孤児だったリリーは人から与えられる愛情に飢えているようで、口だけで誉めるよりこうしたスキンシップの方が喜ぶ傾向にある。

だいぶ話せるようになったものの、まだまだ口下手なパウラにも、それはそれで有り難かった。

パウラが無理に笑顔を見せずとも、「パウラ様の手だけで、どれだけ労って下さっているかわかります……!」とリリーは涙目で言ってくれた。どうやらゲインから、手を上げられることも日常茶飯事だったらしい。

それでも、明日のご飯を心配する必要がなく、毎日大好きな植物に触れられるだけでもずっと恵まれている……と考えて頑張っていたのだから、リリーのいじらしさには頭が下がる。

それと同時に、どうかリリーの存在と才能を大切にしてくれる唯一の人がいつか現れてくれないかとパウラは切実に願った。

「二人とも、頑張ってくれてありがとう。今日はご馳走《ちそう》を用意したので……後ほど二人で食べて下さい」

パウラが温室の中央にあるテーブルを指差すと、そこにはズラリと子供達が喜びそうなメニューが並んでいた。

「うわ！　すげー‼」

「……お、お師匠様にも食べて貰いたいですね……！」

庭師の息子は素直に喜び、リリーは涎を垂らしながらも庭師のことを気遣っていた。

「沢山作ったから、持って帰ってもいいよ」

リリーの言葉を受けてテーブルに料理を並べた調理スタッフが二人にそう言い、二人はわあわあとはしゃいでテーブルに近寄った。

「……手は洗ってからです……」

「いけね！」

「あの、パウラ様は……？」

リリーは貴族と同じ席につくのは失礼なことだと知っているのだろう。恐る恐るといった様子で、しかし期待が見え隠れした瞳でパウラを見上げる。リリーの意図を汲んで、パウラは微笑む。

「……二人が嫌でなければ……ご一緒しようかしら……」

「奥様と一緒なんて、緊張するぅー!!」

庭師の息子が子供らしくふざけて言い、アイカナに怒られた。

「その言葉遣いをなんとかしなさい！」

リリーとパウラはそれを見て笑い、三人でテーブルを囲んで、楽しい時間を過ごした。


パウラはその日の夕食後、寝室で本を読みながらオレゲールを待っていたが、気付けば寝入ってしまった。

オレゲールは朝宣言した通りに帰宅時間が遅く疲れきっていたが、パウラが初夜《しょや》のようにテーブルに突っ伏して寝ている姿を見て癒され、笑みを零した。

パウラを起こさないようにそっと抱き上げベッドに寝かせると、オレゲールも横になる。

「……オレゲール様、お帰りなさいませ……」

ぼんやりと覚醒《かくせい》したパウラは寝ぼけ眼《まなこ》でオレゲールの帰宅を喜ぶ。

「ただいま、パウラ」

オレゲールはパウラの頬にキスを落として珍しく仕事の愚痴《ぐち》を漏らす。

「今日は流石に疲れました……」

「……何か、ございましたか？」

パウラに聞かれ、オレゲールはするりと答える。

「……一人浄化の力を持った女性がいるのですが……その方の能力が枯渇《こかつ》しそうなのです」

それは、パウラが絶対に他言しないと信用している上での吐露《とろ》だった。

もしくは、パウラと話しているうちに何か解決の糸口が見つかるかもしれないという、漠然《ばくぜん》とした期待からだったのかもしれない。

「闇化の現象が進んでいる北部地方には、この国の大事な資源である鉱山があります。そこまで拡大する前に食い止める必要があるのですが……」

オレゲールがそう続けると、パウラは長い睫毛《まつげ》をゆっくり持ち上げて瞳を開き、身体をオレゲールの方にころりと向けて、更に質問をした。

どうやらパウラの眠気はすっかりどこかへいったようだ。

「……その女性の能力が枯渇《こかつ》の兆候を見せたのは……いつからでしょうか？」

「二週間ほど前からだそうです。汚染が酷くなった土地の浄化を王命で受けて、その準備期間中のことらしいです」

「そうなのですね……」

パウラは上体を持ち上げベッドに座ると、顎に指先をかけた。

何か考える様子のパウラをオレゲールは見守りつつ、パウラの長い髪をくるくると自分の指に巻き付けて遊ぶ。パウラの艶やかでゆったりとした美しい髪は、見ているだけで大河を前にした時のような落ち着きと心地好さをオレゲールに与えた。

「その期間……その女性に何か変わったことはございませんでしたか？」

「……確か、体調不良で魔塔の医師の看病をうけたと聞きましたが……」

「体調不良の原因について、オレゲール様は何か伺っていらっしゃいますか？」

「いえ……、魔塔と国は協力関係にはありますが、厳密にいうとあそこは国から独立した機関で閉鎖的なのです。魔塔は何か情報を得ているのかもしれないのですが、なかなか尻尾を掴ませてはくれませんね」

「そうですか……」

パウラは、意を決したようにオレゲールを見て真剣な顔で言った。

「明日の朝、一緒に庭園に寄って頂けませんか？」

「構わないですが……急にどうしたのです？」

パウラがこんなお願いをするなんて珍しい。オレゲールは驚いて質問を返す。

「まだなんとも言えませんが……、もしかしたら、オレゲール様のお役に立つかもしれないと思いまして……」

パウラは苦笑し、オレゲールにそれ以上言及されることを避けた。

パウラは何かを知っているのかもしれない。それがなんであれ、オレゲールは愛しい妻の全てを愛し、その言葉に耳を傾けるだろう。

オレゲールはパウラに口付けを落とし、そっと目を閉じた。

◇◇◇

オレゲールの話を聞いて、パウラは『白薔薇に酔う』を思い出していた。

魔王ルートを辿ると、ヒロインは闇化を広げたい魔王と浄化させたい国との間で板挟みとなる。ヒロインの能力にはヒロインの精神状態が大きく作用するため、浄化の力の枯渇《こかつ》はヒロインが悩んでいる時に発生するのだ。

ゲーム期間は終了したものの、ヒロインの身に何か問題が発生したのかもしれない。

魔王ルートのイベントの全容を知っているパウラには、ヒロインと魔王と、その他の浄化を進めようとする人達、誰か一人を助けることはできるかもしれないが、それは同時に誰かの敵になりかねない危険なことだ。

だがパウラが取る行動の基準はオレゲールを助けること、ただそれだけだった。


「この花は一体……」

パウラが庭園に案内すると、オレゲールは驚いた。

南部の一部にしか生育しないと言われている、闇化を浄化する効果のある小さな花——マオンがそこに咲いていたからだ。温室内であればまだわかる。

しかし、そのマオンが咲いているのは屋外なのだ。王都であるここは、マオンが生育する南部よりもずっと北側で、気候も全く違っていた。

「これは、リリーが品種改良したマオンの花なのです。……私は、闇化を近くで経験してから、この花を南部以外でも栽培できないかと試行錯誤していました。リリーに出会って、彼女に相談していろいろ試してもらって、やっと花が咲くようになったのです」

「……物凄い開発ですね……けれども、今回浄化したい土地は冬になると王都よりも寒くなります。残念ですが……」

「実は既に、北部地方で試験的に栽培を始めています。今のところ順調なのですが……ただ、まだ栽培数は少ないですし、本当に浄化の効果があるかも試せていません。できたらリリー一人ではなく少し人員を割いて欲しいのです」

「わかりました。直ぐに手配致しましょう」

オレゲールの瞳が鋭く光り、仕事モードに入ったことがわかった。

パウラは実家に籠っている時、自らが悪役令嬢ではないと、ヒロイン達の敵ではないと示すために何かできないかと必死に考えていた。そのひとつが、闇化の浄化に貢献《こうけん》することだ。とはいえパウラに浄化の力はないので、その力を持つマオンを栽培できないかと考えたのだった。

乙女ゲームのストーリーは終了し、パウラはオレゲールと結婚した。

もう大丈夫とは思っていたが、万が一ヒロインと自分の間に確執が起きてしまった際、パウラは絶対にオレゲールに迷惑を掛けたくなかった。

そこで、実家で行っていたマオンの研究を改めて進めた。パウラ一人の力では無理でも、リリーの助けを借りて成功することができた。

この花がオレゲールの役に立ちそうで、パウラはホッとする。

沈黙を貫き、乙女ゲームの終わりを待って、ただひたすら研究した甲斐があったというものだ。

ただ、パウラは知っている。この花はあくまで一時しのぎにしかならない。一旦闇化が落ち着き、国の焦燥感が薄まったとしても、次の手を考えなくてはならないのであった。


「パウラのお陰で対策の目処がついたので、今日は早く帰宅できました。本当にありがとうございます」

パウラの話を受けて、オレゲールは早速専門家に話を伝えた。その対応でレイブンもパウラも、そして新種改良の立役者であるリリーも目が回りそうな忙しさだった。

けれどもオレゲールが適切な対応をしてくれたお陰で、リリーの権利を確保したまま、ヒロインの浄化の手助けを担う希少植物として、直ぐさま増産に向けて話が動き出した。

(これでヒロインも少しは楽になってくれればいいのだけど……)

パウラがオレゲールの笑顔に和んでいると、オレゲールはそれでですね、と続ける。

「パウラに褒賞《ほうしょう》を出したいと、国王陛下がおっしゃいまして」

「えっ……」

パウラは目を見開く。そんなつもりではなかった。

ただ自分は何かあった時のための保険として動いていただけなのに、そんな大きな話になってしまい、恐縮する。そして、もっともな言い訳を思いつく。

「……私ではなく、リリーを連れて行ってください」

花を改良したのはパウラではなく、リリーだ。リリーの功績であり、パウラはそのきっかけをつくっただけにすぎない。

しかし、オレゲールはにっこり笑って言った。

「勿論です。リリーにも、パウラにも、国王陛下は褒賞《ほうしょう》を出すとおっしゃっています」

「……そうですか」

パウラは腹を括った。

「パウラ様、初めまして。クララ・ロバーツと申します！」

パウラはその女性と初めて対面し、失神寸前だった。

例の希少植物の功績の件で王城に呼ばれて行けば、そこにはパウラが避けに避けていた『白薔薇に酔う』のヒロインが待ち構えていたのである。

「私、ずっと、ずーっと、パウラ様にお会いしたかったのです！」

何故か興奮気味でパウラの手を両手で握るヒロインの瞳に浮かぶのは、尊敬や感謝、そして好奇心や興味といった、好意的なものであるようにパウラは感じた。

（あら……？）

これはどういうことだろうと思い、オレゲールをちらりと見る。オレゲールはヒロインがパウラに会いたがっていた理由を教えてくれた。

「パウラは覚えていないかもしれませんが、昔、パウラの護衛騎士がクララさんの弟さんを助けたことがあったのですよ」

もちろんばっちり覚えている。しかし、護衛騎士に感謝するならともかく、あの場にいなかったパウラに何故感謝するのかがわからなかった。

「勿論、護衛騎士の方にもお礼を言ったのですが、その時『私はパウラ様に言われた通りに動いただけ』と教えて下さったのです！　その節は、本当にありがとうございました！」

クララに深々と頭を下げられ、パウラは慌てる。

「しかも、今回私を助けて下さる植物にも、パウラ様がかかわっていると伺って……！　もう絶対、パウラ様に直接お会いして、お礼を申し上げたかったのです！」

「いいえ……その、お役に立ててよかったです。弟さんは、お元気ですか？」

「はい！　弟は実家で家族と一緒に元気にやっております」

「そうですか……それなら、良かったです」

パウラは、目的を達成する手段のひとつとして弟の死を防いだだけなのだが、それでもやはり、人の命を助けることができて良かったと心から思う。過去の出来事を思い出しパウラは微笑んだ。

その微笑みを見たクララは頬を染めて益々パウラのファンになったのだが、パウラはそれに気付くことなくクララの体調を気遣った。

(クララさんと話しても、勝手に口から乱暴な言葉が吐き出されることもない……)

パウラは安堵《あんど》する。ゲーム期間はとっくに終了しているため大丈夫なはずだと思ってはいても、どこか不安な気持ちが今まであった。こうして実際にヒロインと話すことでまた、パウラの不安は払拭されていった。

「パウラさん！　こっちですー！」

今日も元気良く喫茶店で手を振るクララを発見し、パウラは微笑む。

初めて会ってからマオンの件で何度か顔を合わせる中で、パウラはクララから「是非お友達になって下さいっ！」とお願いされた。その後二人は、いい友人関係を築いているのだ。

クララによると、魔塔には女性はあまりおらず、いても浄化の力を持つクララには気軽に接してくれることはなく、友人と呼べる人はいなかったという。

クララはパウラの口数が少なくても、全く気にしなかった。クララ自身がとてもおしゃべり好きで、パウラを聞き上手だと前向きに受け取る女性だったからだ。

魔塔での生活や、浄化の力を期待されて国に奉仕する日々は決して楽なだけではなかったはずなのに、クララは苦労を感じさせなかった。クララの口から語られる出来事は、ユーモラスな表現で彩られ、面白おかしい日常に変換されている。

流石ヒロインだな、とパウラが心からクララを応援したくなるほどにクララは魅力的な女性だった。クララもまた、微笑んで話を聞いてくれるパウラが大好きで、つまり二人の相性は良く、互いに好感度は抜群だった。

喫茶店の中に入りパウラが着席すると、クララは大仰に溜息をついて「ちょっと私の愚痴《ぐち》を聞いて下さいよ……!!」と早速話し出す。

そう、パウラはクララに「恋人の愚痴《ぐち》を話せる人」認定されたらしい。今までも何度も恋人の話を聞いており、そうしている内にパウラは他の人との会話が苦にならなくなり、また表情も以前に比べてずっと豊かになった。

「彼が、今度北部に一緒に行くって言って聞かないんですよ……！　今回の仕事、私の護衛は彼じゃないのに……下手に断ると冗談じゃなく監禁されそうで、どうしたらいいのでしょうか……」

三年間のカリキュラムを経て卒業した後も、貴重な能力を持つ者や有意義な研究を行っている者は魔塔に所属し続けることができる。

浄化の力を持つクララはもちろんその能力が認められ、現在も魔塔に所属していた。同級生であった魔王もまたクララの同僚として所属しており、彼女の護衛として共に働くことも多いという。

今回、二人には別々の仕事が割り振られたのだろう。クララは一見惚気《のろけ》にすら聞こえる悩みをパウラに打ち明けた。

けれどもパウラは、それが本当にクララを悩ませているのだと知っている。

クララは今日も長袖で手首を隠しているが、彼――魔王は監禁大好きヤンデレ気質。本当はクララを独占したくて堪らないはずだから、その手首にはきっと手錠《てじょう》の痕があるのだろう。

しかし、実はクララは国にとって最善のルートを選択してくれている。

何故なら、ヒロインが他のキャラを選んだ時は、彼女に想いを寄せていた魔塔の同級生が実は魔王であるということがエンディングで明かされる。ハッピーエンドと思いきや、魔王に国が一丸となって戦いを挑んでいく……そんな、戦いを仄めかすバッドエンドなのだ。

しかし、魔王を選択した時だけは違って、魔王と一緒に、人間と魔性の動植物がこの世界で共存を模索していくという、本当の意味でのハッピーエンドに切り替わる。

前者は戦いを意味し、後者は融和を意味する。それは、乙女ゲームの世界を現実に生きているパウラ達にとって、戦争か平和か、とても大きな選択だ。

だから、パウラは自らが悪役令嬢にならないように奔走しながらも、この世界のヒロインが魔王ルートを選ぶように仕向けたし、実際そのルートに入ったことを知った時、とても喜んだ。

パウラは魔王の恋路を応援していた。だから、ヒロインが魔塔で過ごす三年間、自分が公爵家に籠りきりだった時も、オレゲールへ手紙を送る傍ら魔王にはヒロインとのイベントが発生するタイミングだけ、匿名《とくめい》で手紙を書いて送り続けたのである。

下手をしたら魔王に殺される可能性もあったが、彼の場合はその手紙に興味を持ち、楽しむ性格だろうと踏んでいた。

これも全ては、国のため……そして、宰相《さいしょう》であるオレゲールの未来の仕事を減らすためだった。

パウラがどれだけ役に立ったのかはわからない。けれども結果として、魔王はヒロイン……クララを手に入れた。

それを選択したのはクララだけれども、クララと仲良くなればなるほど申し訳なくなって、パウラは一度乙女ゲームのことは伏せて懺悔《ざんげ》したことがある。

幼い頃に魔王と出会ったこと。彼の恋路を応援していたこと。クララの彼が魔王だと知っていること。その全てを吐露《とろ》した時、クララは笑って言った。

「彼が魔王だと知っている人がいるなんて……なんでも話せて凄く嬉しいです!!　……私が彼を好きになったのは、彼が彼だからであって、実際どんなアプローチを受けても他の人には魅力を感じなかったから、私が彼を選んだこととパウラさんが応援したことは関係ないですよ」

そして、パウラは監禁大好き魔王を恋人に持つクララの、唯一無二の相談相手として抜擢《ばってき》されることとなったのである。

「……という訳で、クララさんの次の仕事に、恋人の彼を連れて行くことはできないのでしょうか？　クララさんにとっては一番頼りになる護衛だと思うのですが……」

「同時期に、彼は他の現場に行くことになっているのです……しかし、私からも魔塔に働きかけて配置替えをお願いしてみますね。本来は魔塔の人員配置に口を挟まないのがルールなのですが、今回はちょっと違和感を覚える配置なので、その要素はありそうです」

オレゲールにパウラがお願いすると、彼も思うところがあったのかすんなりと頷いてくれた。オレゲールの話を聞いて、パウラは今回の采配《さいはい》はクララを諦めきれない魔塔の誰かの私情が入っているのかもしれないと見当を付ける。

それと、パウラにはもうひとつオレゲールに相談すべきことがあった。

「オレゲール様。リリーに新しい研究をさせたいのですが」

パウラの真剣な表情を見て、オレゲールは居住まいを正す。

「はい。どんな内容ですか？」

「……魔性植物の研究です」

「……それは、どういう意図ですか？」

「その前に、オレゲール様の魔塔での研究の……古語の文献《ぶんけん》の内容について伺ってもよろしいでしょうか？」

オレゲールが一瞬息を詰め、パウラの緊張が高まる。

パウラは前世の記憶からオレゲールの研究内容を知っていた。そして、その研究——古語の文献《ぶんけん》が語る世界の真実についても知っている。

「……何故、パウラがそれを？　いえ……質問に質問で返してはいけませんね。私の研究した古代の文献《ぶんけん》には、途中までの解析ですが、こう書かれていました」

オレゲールはパウラに包み隠さず、語り出す。

この世界から、闇化はなくならない。瘴気《しょうき》が消えることはない。何故なら、それがこの世界の本来の姿だからだ。どこかで闇化を抑えれば、他の場所で闇化が始まるだけである。まるで世界の均衡や秩序を保つかのように、世界はそうできている。

オレゲールの話を受けて、パウラが自らの考えを告げた。

「……この世界は、人間だけのものではないと思うのです。闇化は進んでいるのではなく、本来のあるべき姿を取り戻すために、浄化された分、また始まっているだけなのではないでしょうか」

「それはつまり、均衡が保たれれば……いずれは広がらなくなるということですか？」

パウラは頷く。

「私はそう考えていました。そしてオレゲール様の研究結果を聞いて確信しています。……大事なのは、抑圧ではなく棲み分けなのです」

そしてその先に待つのは、融和や平和であるはずだ。

「なるほど。元より私も、研究を進める中で過去の人々が都合のいいように歴史的事実を捻じ曲げていることには気が付いていました。パウラが言うように、本来この世界は人間だけのものではなかったのかもしれませんね。……それが、魔性植物の研究とどう繋がるのですか？」

「はい。今後古語の解析が進み、事実が明らかになったとしても、人間は欲深い生き物です。闇化を見守れなどと言ったところで容認できる国はないでしょう。下手をすれば、古語の解析結果自体を潰されると思います」

「まあ、そうでしょうね。ですから我が一族も私も、殆《ほとん》どの古語の解析ができていても、その内容から発表は諦めたのです」

「そこで、闇化を歓迎する風潮を高めるのです」

「闇化を歓迎？　そんなこと……なるほど、それで魔性植物の研究という訳ですか」

パウラは頷いた。

「そうです。魔性植物を研究して、なにか人間に利益を及ぼす効能を見つけることができたら……闇化した大地に宝が眠っているとなれば、人々は我慢できると思いませんか？」

オレゲールはパウラの言葉を使い、笑って答える。

「流石、人間は欲深い生き物ですからね。……わかりました、リリーに危険がないよう設備を整えてから、全面的にバックアップしましょう。既に取り組んでいる研究者がいるかも調べて、可能だったらその者達も引き込むことにします」

パウラは頷いた。上手くいけば、宰相《さいしょう》であるオレゲールの仕事はぐっと少なくなるだろう。パウラは世界の平和なんて大それたことを叶えたいのではない。ただ、大好きな夫を助けて、彼と過ごす時間を確保したいだけだった。

——この世界の闇化と浄化のバランスが釣り合うようになるのは、それから三十年後のことである。

六、締めくくりはいつも本音で

　パウラは今日、リリーが魔性植物を品種改良した結果生み出された薬について報告をするために登城していた。

　普段は闇化の対策専門部署の人間に報告をするのだが、今日は何故かその場に第一王子がいたので内心不思議に思う。

　とはいえ、パウラから取り立てて第一王子に話すことなど何もない。パウラが第一王子と一緒にいることをオレゲールがよく思わないことは知っていたので、必要最低限の挨拶のみに止《とど》めてそのまま担当者への報告のみに終始した。

　第一王子はその報告の最中口を開くことはなかったのだが、パウラが粗方《あらかた》の報告を終えて出されたお茶を口にしている時、声を掛けてきた。

「オレゲールがいきなり有給を使いたいと言い出したんだけど、何か知ってる？」

　パウラはその問い掛けに首を横に振った。口止めをされている訳でもなく、パウラは本当に何も聞いていない。

　パウラが知るところ、オレゲールは一度も有給など使ったことはなかった。いつも実直で真面目な……むしろ真面目過ぎる勤務態度で職務に当たっているが、そんな彼が一日でも休みを設けたことは、パウラにとって嬉しい情報であった。

「一日でも、身体を休めて頂けるなら……」

「一日？　いやそれがね、長期なんだよ」

「オレゲール様が、長期休暇を？」

パウラは驚いた。たった一日でも珍しいのに、あの仕事人間のオレゲールがまさかの連休を取るとは。

「そうだよ。パウラ嬢は何も聞いてない？　もうさ、俺に皺寄せがきそうで今から憂鬱《ゆううつ》なんだよね～」

悪びれる様子もなく、第一王子はそうパウラに告げた。

「長期とは、どれほどの期間ですか？」

「二週間。オレゲールがいない二週間なんて、もう恐怖しかないよ」

「二週間、ですか……」

「しっかし、パウラ嬢が知らないとなると、なんのために休みを取ったのか気になるところだね」

俺がどんなに聞いても一身上の都合としか言ってくれないからさ、と続けながら第一王子はにやにや笑ってパウラを見た。

人によっては、というより多くの令嬢にとっては華のある微笑みに見えたかもしれないが、パウラにとっては意地の悪い笑みにしか見えない。第一王子は、オレゲールやパウラに会う度こうして、二人の間にひと悶着《もんちゃく》起こそうとからかってくるのだ。

まだ特定の恋人のいない第一王子の人気は変わらず絶頂なのだから、他人《ひと》のことより自分のことに目を向けて欲しいとパウラは常々思っている。メインヒーローなだけあって悪い人ではないと承知しているが、オレゲールに仕事を丸投げすることといい、今のこの態度といい、パウラの第一王子への好感度はただただ下がる一方であった。

（オレゲール様が二週間もお休みを……）

確かにそれは、只事ではない。第一王子も茶化した言い方をしてはいるが、もしかすると何かしら心配しているのかもしれなかった。

「……第一王子殿下は、私に何をお求めですか？　私はその理由を聞くだけでよろしいのでしょうか？」

「いや、単なる好奇心で聞いただけだから、あまり気にしないでいいよ」

そう返事をされ、パウラは首を傾げる。単なる好奇心で多忙なはずの第一王子がこんな場所まで来て、しかも自分の用件が終わるまで待つものだろうかと思ったからだ。

「では、そろそろ仕事に戻ろうかな」

「……お力になれず、申し訳ございません」

「いや、さっきも言ったけど気にしないで」

そう言った時、「第一王子殿下！」とオレゲールが飛び込んできた。

「おっともう見つかってしまった。ではまた今度、パウラ嬢」

第一王子はすいと席を立つとパウラの横に移動し、膝に揃えて乗せていたパウラの手を掬い上げて口付けを落とす。

パウラが固まっていると、オレゲールはさっと二人の間に割り入って言った。

「第一王子殿下、私の妻のことは名前ではなく伯爵夫人とお呼び下さい、と何度も申し上げているはずですが？」

「そうだったね、ごめんごめん、忘れてた。では、お先に失礼するよ」

第一王子はその場からあっさりと退場し、第一王子を捜していたのであろうオレゲールはパウラがいることで逆に動けなくなってしまった。

ここ連日、オレゲールは王城に泊まり込みで仕事をしている。パウラはそれに対して繁忙期《はんぼうき》でもないのに珍しいなとは思っていたのだが、もしかすると長期休暇を取ることと関係があるのかもしれない、と考え直した。

「まったく、決裁して頂きたい書類を放り出してどこに行ったのかと思えば……パウラ、大丈夫でしたか？　第一王子殿下に何か変なことをされたり言われたりしませんでしたか？」

パウラはこくりと頷いた。オレゲールに会えた喜びで、先ほどまで全く動かなかった頬が緩む。

「ああもう、今そんな顔をするなんて……！」

連日の溜まった性欲を持て余すオレゲールはこの場が他の部署のテリトリーであることを恨みつつ、「今夜は早く帰りますから、そのつもりでいて下さいね」とパウラの耳元で囁いた。

パウラは頬を染めつつ、もう一度頷いた。

◇◇◇

その日の夜、愛を確かめ合って気を失うように眠りに入ったパウラに、オレゲールは尋ねる。

「ところで、第一王子殿下はパウラにどのような用事があってあの場にいたのですか?」

「……オレゲール様の、長期休暇について何か知らないかと……おっしゃっていました……」

「なるほど、そうでしたか」

まったくあの方は、余計なことをよりにもよってパウラに聞いたものだ、とオレゲールは溜息をついた。

そもそもオレゲールが長期休暇を取ることになったきっかけは、第一王子の発言だ。

第一王子は、仲睦まじいバラーダ伯爵夫婦をどうにかしてからかいたいのか、オレゲールにしょっちゅう「結婚式すらやらない男はいつ捨てられてもおかしくない」と言い続けていたのだ。

早く結婚式を挙げてやれ、挙げないとパウラが可哀想だ、公爵家の令嬢が本当にそれで満足しているると思っているのか……そのようにずっと耳にタコができるほど聞かされていれば、嫌でもオレゲールは意識せざるを得なかった。

パウラが結婚式を挙げていないことについて「気にしません」と寝言で言うのを過去に聞いたことはあった。だから、今さら行わないでもいいだろうと思い込んでいたのだ。

しかし、当時のことを思い返せば思い返すほど、「オレゲールが忙しいから」「気にしません」という意味だったのではないかと不安を感じるようになったのである。考えてみれば、「気にしません」という言い方。この言い方は、「結婚式を挙げたくない」人の言葉ではない気がした。

つまり、結婚式を挙げたいのか、挙げたくないのかというパウラの本心わからないのだ。

そこで、オレゲールはもう一度尋ねてみた。即ち、寝ているパウラに「結婚式を挙げたかったですか？」と。パウラの返事は「はい」だった。

「私には結婚式へのこだわりはございませんが……ただ、式場で見るオレゲール様のお姿はとても素敵だろうと思うのです……それと、純粋に神に誓い合いたいと思いました……」

いつ何時《なんどき》もオレゲール様を愛しますと、と続けられて、オレゲールの胸にパウラへの愛しさだけが増していくのを感じた。

「貴女は本当に……私をどこまで夢中にさせれば気がすむのですか」

そう言いながら、オレゲールは寝ているパウラの美しい顔《かんばせ》にキスを落とした。

そして翌日、早速レイブンに宣言したのだ。

「随分と遅くなったが、私とパウラの結婚式を挙げようかと考えている」

そう告げると、レイブンは勿論のこと、その場にいた侍女やメイド達も賛成の意を表してわっと盛り上がる。

「やっとですか、オレゲール様！」

「さあ、これから忙しくなるわよ！」

張り切り目を輝かせるメイド達を宥めつつ、レイブンはオレゲールに言った。

「失礼ながら、オレゲール様。こんなに遅れて式を挙げるのでは、普通の結婚式ではいけないと思います。奥様にサプライズも兼ねて執り行うのは如何でしょうか」

「サプライズ？」

結婚式の主役はパウラだ。サプライズなんてできるのだろうか？　と思いつつ、レイブンの話に耳を傾ける。

「はい。日頃オレゲール様のことを最優先に考え、行動なさっている奥様を労わるいい機会だと思います。いっそのこと、結婚式を挙げるだけではなく、何日か休暇をお取りになって、新婚旅行も兼ねて普段は行くことができない場所へ遠出をなさるのは如何でしょうか」

「……新婚旅行か」

「はい。日頃から国のために尽力なされているオレゲール様です、一週間ほど新婚旅行で休暇を取ったとして、誰が文句を言えましょうか」

オレゲールの脳内に、唯一文句を言いそうな男の顔が思い浮かんだ。しかし文句を言われる、言われないよりもオレゲールにとって大事なことは愛する女性のことである。

「パウラは喜ぶと思うか？」

「『勿論でございます！』」

何を言い出すのかこの人は、と言わんばかりにその場の全員の答えが一致し、オレゲールはやや気まずくなった。いくら毎日仕事に忙殺されているとはいえ、新婚旅行のことなんてすっかり忘れ去ってしまっていたからだ。

オレゲールは深く反省して、直ぐにレイブンの案を採用することにした。

「パウラが新婚旅行に行きたいとすれば、どこだろうな」

「それでしたら、私達がさり気なく奥様に伺ってみます」

「では、頼む」

俄然やる気のメイド達にそう言いつつ、オレゲールは早速今夜、自分もパウラの本音をパウラに内緒で聞き出そうと考えた。


万が一にでも第一王子の耳にオレゲールとパウラの結婚式や新婚旅行の話が入れば、仕事をサボる口実として平気で「俺も参加する」と言いそうだとオレゲールは考えた。

下手をすると、結婚式どころか「俺も息抜きしたい」と言って、空気を読まずに新婚旅行まで一緒について来ようとする、図々しい人間でもある。

だから、オレゲールは第一王子に「自己都合」で通して有給休暇を申し出たのだ。

わざわざその理由をパウラにまで聞きに行くとは思わなかったのだが、今回逆にパウラにサプライズで動いていたのが功を奏した。

オレゲールはなんとか仕事を一区切りつくところまで終え、しつこい第一王子の尋問《じんもん》を華麗に無視し続け……そうしてやっと迎えた、長期休暇初日。

第一王子によるパウラ突撃があった翌日には、オレゲールはパウラに余計な不安や疑問を抱かせないため、長期休暇を取得した旨を、理由を伏せて話しておいた。初日は一緒にお出掛けしましょうとも伝えてある。

オレゲールにしては遅めに起床すると、パウラは既に遠足を楽しみにする子供のようにそわそわとした様子で、バルコニーの傍に立ち天気を気にしながら水を飲んでいた。

「おはよう、パウラ」

「おはようございます、オレゲール様。……昨日は夜お帰りが遅かったですが、お身体の調子は如何ですか？」

外出を楽しみにしつつも、仕事明けのオレゲールの体調をまず気にするパウラを、オレゲールは改めて愛しく感じ、笑みが零れる。

「すこぶる快調ですよ」

オレゲールがそう答えれば、パウラはぱぁっと綺麗な笑顔を咲かせた。

「それなら良かったです。お天気も良さそうで、とても楽しみです」

二人は朝食を摂り、オレゲールは屋敷に残るレイブンに自分が不在の間の諸々を指示する。

「お待たせ致しました、パウラ。そろそろ出ましょうか」

「はい、オレゲール様」

パウラはオレゲールの差し出した手に自分の小さな手をのせ、嬉しそうに馬車に乗り込んだ。

「……オレゲール様、今日は随分と……馬車の数が多くはございませんか？」

二人が乗る馬車以外に、アイカナとメイド、そして侍従達の乗った馬車が二台。何故か料理長まで同行するようだ。他に、荷台のみを引いた馬車が三台。ぞろぞろと列を成して並ぶ様子をパウラは不思議そうに見つめる。

「そうですね。少し遠出をしようと思いまして」

サプライズをするにあたって、パウラ自身の体調不良だけは気を付けるようにと、この長期休暇の直前まで、いつにも増してメイド達はパウラを気遣っていた。

オレゲールも「夜の営みも控えて下さい」と言われてしまい、途方に暮れたものだ。

しかし実際当日の二人の体調はすこぶる快調で、晴れやかにこの日を迎えることができたのであるから、我慢した甲斐はあったと今なら思う。

「オレゲール様、今日はどちらに向かわれるのですか？」

パウラは窓の外を眺めながら、喜びに顔を紅潮させてオレゲールに問う。

「……新婚旅行で、アイザンバクザンに行こうかと思っています」

オレゲールが答えると、パウラは目を見開いて驚いた。

パウラはやっと、いつもより多くの使用人達が自分達の外出に付いてきた意味を知ったのだ。

「私、是非そこには一度行ってみたいと思っていたのです。とても楽しみです」

パウラが嬉々として返事をするのに、オレゲールは頷いた。

アイザンバクザンは、二人がまだ婚約者同士の頃、オレゲールの両親にパウラが初めて挨拶をした際、僅かばかり話題に上った両親の過去の旅行先だ。

両親は「とても良いところだから、一度行ってみるといいよ」と言っていたが、恐らく社交辞令というもので、まさかオレゲール達が本気にするとは思っていなかっただろう。アイザンバクザンに新婚旅行に行く旨、そして結婚式を行う旨をしたためた手紙を読んで、きっと驚いているはずだ。

そんなオレゲールの両親は、仕事で様々な国を回っている。しかし、二人の移動と招待状が入れ違いになっていなければ、きっと都合をつけて結婚式に参列してくれるに違いない。要領がいいとは言えないオレゲールと違って、オレゲールの父親は大変立ち回りが上手い人間だった。

「お義父様とお義母様が訪れた時と変わっていないと良いのですが……とても大きな湖があって、運が良ければその湖畔《こはん》に妖精《ようせい》が現れるとおっしゃっておられましたよね？」

パウラの弾んだ声から、うきうきとした気持ちが伝わってくる。

パウラの寝言から、彼女が本当にアイザンバクザンに行ってみたいのだということはわかってはいたが、そこまで遠くはない旅先のため、二週間もの長期休暇で行く場所ではないのでは、もっと遠くの有名で人気のある行き先にしてはと屋敷の者達の反対もあった。

そのためパウラの明るい表情を見て、オレゲールはホッと息を吐く。心から喜んでくれているのがわかり、パウラの喜びがオレゲールの心も温かくした。

「そうですよ。妖精《ようせい》と会えた人はずっと幸せに暮らせると言い伝えられています」

オレゲールは優しく答えた。運が良ければその湖畔《こはん》に妖精《ようせい》が現れるという話は言い伝えレベルの話であり、実際に妖精《ようせい》を見たという人はまずいない。

アイザンバクザンの妖精《ようせい》話について、オレゲールは単なる町おこしの一環だと考えているが、妖精《ようせい》との邂逅《かいこう》を楽しみにしているパウラに水を差すつもりは毛頭なかった。

◇◇◇

やがて目的地に到着し、オレゲールのエスコートで降り立った時、パウラは息を呑んだ。

美しい湖畔《こはん》、そして湖畔《こはん》の傍に佇むひとつの神殿。湖の向こうには雪を被った霊峰《れいほう》が連なっており、湖には手漕ぎのボートが浮かんでいる。それは一枚の絵として完成されたかのような風景だったが、パウラはこの風景を知っていた。

オレゲールルートを進むと辿り着く、愛の告白が交わされる場所。

美しいCG画像……それが、アイザンバクザンだったのだ。

「パウラ、今日は一日がかりで馬車に揺られて疲れたでしょう？　別荘を借りましたので、もう少ししたら我々も向かいましょうか」

「はい」

パウラは、目の前の景色を過去の記憶の何倍も美しいと思った。

日が湖に沈みゆく様はとても幻想的で、天まで届きそうな霊峰《れいほう》の影は神々しい。澄んだ空気は美味しく、髪を悪戯に絡ませる風は心地好い。

何より、この世界でいつ悪者にされるのだろうと怯えて生きてきたパウラは遠出も殆《ほとん》どしなかったため、今こうして断罪されることもなく大好きな人の隣で素晴らしい景色を眺めていられる奇跡に、胸がいっぱいになった。

「パウラ⁉　どうしましたか？」

「……あ……」

気付けば、パウラの頬に涙が零れていた。

「……幸せで。私、幸せ過ぎて、感極まってしまいました。オレゲール様、私きっと……一生、今日のこの景色を忘れません」

オレゲールにそう言いながら微笑むと、オレゲールは眩しいものでも見るかのように目を細めてパウラを見つめ、そして頬を流れる涙をそっと親指で拭い去った。

「まだ初日ですよ、パウラ。……本当に、貴女が愛おしい。喜んで頂けて、良かったです」

「はい。こんな素敵な場所へ連れて来て下さり、ありがとうございます」

普段仕事人間であるオレゲールが長期休暇を取る難しさは、きっとパウラには理解しきれない部分があると思う。

けれども、この休暇の直前までオレゲールはいつも以上に根を詰めて仕事に向き合っていたことを知っている。そうまでしても、自分を新婚旅行に連れて来てくれたことが、その気持ちが心から嬉しかったのだ。

「完全に日が落ちましたね。さあ、寒くなる前に別荘に参りましょう」

「はい」

ふと馬車の方を見ると、あれだけぞろぞろと付いて来ていた馬車は一台もおらず、その場には二人の乗って来た馬車と、馬に乗ったジェフ達護衛しか残っていなかった。

二人を乗せた馬車は、そのまま湖畔《こはん》から少し離れ、整備された並木を真っ直ぐに進み、やがて大きくも小さくもない屋敷に辿り着く。

「ご主人様達が戻られました！」

「オレゲール様、奥様。お部屋はもう整えておりますのでご利用できますが、ご夕食の準備も整ったそうです。如何致しますか？」

二人が別荘に着くと、俄《にわ》かに騒がしく迎えられた。使用人全員がバタバタと働いており、その別荘は屋敷となんら変わらないように隅々まで掃除され、そして花瓶《かびん》に花まで生けてあった。

宿ではなく貸別荘というからには何日か滞在する予定らしく、出先の二人の環境を整えるために使用人達が同行してくれたのだとパウラは理解する。

「パウラ、お腹は空いていますか？」

オレゲールに聞かれ、パウラはそう言われると少しお腹が空いた気がした。楽しい道程、そして美しい景色を堪能すると、普段よりもずっと食欲が湧くようだ。

「はい。……できたら、夕食を先に頂けると嬉しいです」

「わかりました。私もお腹が空いたので助かります、そうしましょう」

二人は部屋で着替えだけすませると、こぢんまりとした、けれども趣《おもむき》のある食卓で料理長が腕によりをかけて作った料理を味わって食べる。

「今回は、折角ですのでアイザンバクザン名産の鴨《かも》の肉とワインを使用しています」

「……凄く、美味しいです」

「パウラ、この野菜も確かこちらの名産でしたよ」

パウラは屋敷の食卓よりもオレゲールを傍に感じられることを喜びつつ、ゆっくり時間を掛けて夕飯を完食した。

「オレゲール様、明日のことで少しお話が」

「ああ、わかった。パウラ、申し訳ないですが先に部屋に戻っていてくれますか？」

「はい」

使用人に引き留められたオレゲールを残してパウラが先に夫婦の寝室に入ると、換気していた窓をアイカナが閉めたところだった。

「お食事は召し上がりましたか？　奥様」

「はい。とっても美味しかったわ」

「それは良かったです。この別荘でも、屋敷と同じようにお寛ぎ下さい。何かご不便がございましたら、直ぐにおっしゃって下さいね」

「はい。……あの、わざわざ遠いところまで付き合わせてごめんなさい。こんなところまで来て働かせてしまうけれど……とても助かるわ。本当に、ありがとう」

パウラがそう言うと、アイカナはびっくりした顔で「何をおっしゃいますか！」と慌てて手を振る。

「むしろ今回のお仕事は屋敷の者達で争奪戦だったんですよ！　屋敷を管理なさる執事《しつじ》長なんて、涙目で悔しがっておりました。今回、奥様の美しいお姿《すがた》……いえ、普段滅多に行くことのできない旅先に仕事で行けるのですから、私達はラッキーです。ですから、気になさらないで下さいね？」

アイカナはそう力説し、パウラはホッと気が楽になる。

「……それなら良かった。少しの間、いつもより気を遣わせてしまいますが、よろしくお願い致します」

パウラが丁寧にお願いするのを、アイカナは笑顔で受け止めた。

「はい、お任せ下さい！　えーと……寝台は整えましたが、明日は朝が早いですから、今夜は無理をなさらないで下さいね？」

さらりと言われ、パウラの頬に熱が集まる。そんな自分を誤魔化すために、パウラはアイカナに質問を投げる。

「明日はどこへ行くのか知っているのですか？」

アイカナはにんまりと笑った。

「それは……明日のお楽しみになさっていて下さい」

そして都合よく、そのタイミングでオレゲールが部屋へ入って来る。

「今日は一日ご苦労様。もう下がっていい」

「オレゲール様、今日だけは……!!」

「大丈夫だ、わかっている。他の使用人達《メイド》からも、この部屋へ辿り着くまでに散々同じことを注意されたしな」

侍女の目配せに、オレゲールはそう言って苦笑いした。その返事に安心し頷いたアイカナは、

「ではまた、明日の朝参ります」と言って部屋を後にする。

その日、オレゲールはパウラに「明日は朝早いので、今日は早く寝ましょうか」と言ってパウラを抱かずにベッドに横になった。

少し物足りない気持ちになってしまう自分をパウラは恥じつつ、長時間の移動は思っていたより疲労が蓄積したのか、気付けばオレゲールの胸の中ですやすやと眠りに入っていた。

「奥様！　起きて下さい、早速準備に取り掛からせて頂きます！」

「……おはよう、ございます……」

寝ぼけ眼《まなこ》のパウラはアイカナ達使用人に叩き起こされ、あれよあれよという間に朝早くから風呂に入れられ全身を清められた。

（……なんだか、初夜《しょや》を思い出しますね……）

全身をつるつるピカピカ艶々に磨かれたパウラは、与えられた白い衣装に腕を通す。

「……あの、これって……」

どう見ても、あれにしか見えなかった。純白のウェディングドレスだ。

「ふふ、驚かれましたか？　サプライズでご用意していたので、奥様の理想とするドレスとマッチしているのかだけは心配でしたが」

袖を通したウェディングドレスに、パウラの心は一瞬で奪われる。

「……凄い……なんて、綺麗なドレス……」

「全てオレゲール様のご指定だそうですよ。奥様に絶対に似合うと思ったので、誰も反対しませんでしたが……普通、花嫁だったら自分のドレスは自分で選びたいですよね？　その辺のところ、オレゲール様や執事長《しつじ》は男性だからか疎くていらっしゃいます」

アイカナ達は口々にそう言いつつも、てきぱきと手を動かしてパウラを花嫁らしい姿に仕上げていく。パウラは鏡に映った自分に、そっと手を伸ばした。

もし、オレゲールと結婚式を挙げることができるのならば、こんなドレスが着てみたい……そう、思い描いていたドレスそのものだった。いや、それ以上かもしれない。

大きなリボンなどは一切ない、シンプルなAラインのスタイル。

生地はシルクとシルクサテンとで使い分けされ、シンプルな中にも美しい光沢と上品さを持ち合わせたエレガントな印象を与える。オフショルダーのデザインが鎖骨《さこつ》と肩を美しく演出し、清楚《せいそ》で可憐《かれん》な作りはパウラにぴったりだ。

バラーダ伯爵家の家紋《かもん》と同じ蔓《つる》の刺繍がところどころ銀の糸であしらわれているのだが、それがまた繊細で見事で……巻き付く蔦がオレゲールに抱き締められ守られているように感じた。

パウラの理想以上の完璧なウェディングドレスが、そこにはあった。

「奥様、お化粧をするまでに泣きやんでおいて下さいね？」

「……は、はい……」

アイカナ達の優しい声に、パウラはこくこくと頷く。

自分はこんなに泣き虫だったのかと思うほど、涙がポロポロ勝手に零れてしまう。

けれども、こんなに素晴らしいウェディングドレスを汚す訳にはいかないと、パウラは必死で涙を堪えることに専念した。

「私達は今日、世界で一番美しい花嫁の準備をこうしてお手伝いさせて頂くことができて、本当に幸せです。……遅くなりましたが、パウラ様。ご結婚、おめでとうございます」

いつもは「奥様」と呼ぶアイカナ達に名前で呼ばれ、パウラはまるで姓が変わる前の自分に戻った気がした。

「……ありがとう、ございます。私は、話せない時から優しく見守って下さった皆さんに、とても感謝しています……」

一生懸命我慢して堰き止めた涙腺が、また緩みそうになる。

バラーダ伯爵家に嫁いだ時は、人と満足に話すこともできず、社交性が著しく不足していたパウラ。伯爵夫人として相応しいとは思えないパウラを馬鹿にする者はもうおらず、常に女主人としてパウラを立て、よく尽くしてくれた。

パウラが普通に話せるようになったのは、クララとの交流で安心を得たこともあるが、オレゲールをはじめバラーダ伯爵家の使用人達がパウラを悪役令嬢として貶めるはずがないと信頼するようになったこともまた大きな要因だ。

「お話をされなくても、奥様が見た目だけではなく心も綺麗なことは、屋敷の者なら全員が直ぐに確信致しましたから。さあ、最後の仕上げにお化粧を致しますね」

「よろしくお願い致します」

アイカナ達が丁寧に最後の調整をしているところで、寝室のドアがノックされた。パウラはオレゲールかと思い、「はい」と返事をする。

「やあ、パウラ。久しぶりだね」

「まぁ、なんて美しい花嫁なのでしょう、流石パウラ様……!!」

「……お父様、乳母《うば》……!!」

パウラは驚きに目を見張る。そこには、正装したパウラの父親と、乳母《うば》が佇んでいた。

パウラが閉じ籠った生活をしていても、子供の怯えをどこか感じて「本人の好きにさせてあげなさい」と優しく見守ってくれた父親。公爵令嬢のあるべき姿をパウラに押し付けることなく、常にパウラの想いをいつでも優先してくれた。

当時は子供だったために自分のことばかり考え、自分の気持ちを優先していたパウラだったが、社交界に顔を出さない公爵令嬢がどれだけ父親に恥をかかせてしまっていたのか、今ならば少しは想像がつく。母親がいないせいだと噂される度に、父親はどれだけ胸を痛めただろう。

そして、母親代わりに愛情たっぷりパウラを育ててくれた乳母《うば》。

「お二人とも、何故ここへ……!?」

走り寄りって抱き締めたいのを我慢しながら、パウラは二人に聞いた。

「オレゲール殿に招待されたのだよ。息子二人は急いでこちらに向かっているが、恐らく会場となる神殿へ直接向かうことになるだろう」

「お二人が仲睦まじいという話はしょっちゅうジェフから聞いておりましたので安心していました

けれども、パウラ様のこんなに明るい表情を見ることができるなんて……本当に、オレゲール様には感謝致します」

二人は自慢の美しい娘の晴れ姿を、嬉しそうに笑って目に焼き付ける。パウラは、二人を招いてくれたオレゲールに感謝の気持ちで胸がいっぱいになった。

「オレゲール様にはもうお会いになりましたか？」

「いいや、先にご挨拶をしたかったけれども、私が到着した時にはもうオレゲール様は神殿に向かわれていたよ」

「オレゲール様だけ、先に向かわれたのですか？」

花婿が花嫁を置いていくものだろうかとパウラが不思議に思っていると、乳母《うば》が微笑みながら教えてくれた。

「パウラ様はご主人様と一緒に馬車に乗って神殿に行かれるのですよ。アイザンバクザンの風習ですから必ずそうする必要もないのですが、オレゲール様はパウラ様の花嫁姿をご自分より先にご主人様に見せたかったのかもしれませんね」

「そうでしたか」

説明を受けたパウラが胸を撫で下ろしていると、話の途切れたタイミングでアイカナが誇らしげに宣言した。

「ご歓談中失礼致します。パウラ様のご準備が、全て整いました」

父親に付き添われたパウラが馬車から降りると、その場にいた者達は全員が花嫁に見惚れた。よくよく見ると、オレゲールの両親も招待客の中に混じっている。

全員が、美しい花嫁と、その花嫁を迎える花婿に祝福の拍手を送っていた。

また一方で、パウラは神殿の中心で手を差し伸べるオレゲールに心を奪われていた。フロックコートに身を包んだオレゲールはどんな魔法を使ったのか珍しく隈もなく、パウラの瞳には超絶美形で誰よりも素敵な男性に映っていた。

「パウラ、こちらへ」

「はい、オレゲール様」

二人が式を挙げる神殿では、自然崇拝《すうはい》の象徴として擬人化された妖精《ようせい》達の像が祭壇《さいだん》に祀られていた。美しい成人した男女の像が、慈しみと神々しさを兼ね揃えた表情でその場にいる者達を見守っている。

ただ、今までで一番幸せそうな微笑みを浮かべて像の前に起立したパウラは、それ以上の輝きを放っていた。

「……パウラ、いつも貴女は美しいですが……今日はまた一段と眩しく煌めいていて、私の女神そのものです」

「……ありがとう、ございます……。あの、オレゲール様も、本当に素敵です……！」

パウラは、一番褒めて欲しかった人からの賛辞を受けて喜びに頬を緩める。

二人が向かい合い互いへの愛をその場で宣言すると、神殿の管理人と列席者達が新郎新婦の宣誓の証人となった。

三十分ほどの式は粛々と執り行われ、その後は神殿の外に用意された場所に全員が移動する。

立式の軽食が振る舞われ、簡単な歓談の場が設けられた。

「オレゲール殿、これからも娘をよろしくお願い致します」

「綺麗だったよ、パウラ。オレゲール、これからも妹をよろしく」

パウラの父親と乳母《うば》は、パウラと一緒に馬車で神殿に向かっている最中から涙ぐんでいたが、二人が妖精《ようせい》像の前に立った時からはもう堰が切れたように号泣していた。列席してくれたパウラの兄達も、少し目を潤ませながら妹の門出を祝福する。

パウラが心からオレゲールを愛し、そして愛されていることはその姿を見れば直ぐにわかった。いくら噂で仲睦まじいと聞いていても、パウラがとても不器用で人との会話を苦手としているかを知る父親は特に、実際に二人の様子を目にするまでずっと不安だったのだ。

またオレゲールの両親達は、パウラを褒め称えていた。

「こんなに遅くなるまで結婚式すら挙げず、毎日帰りの遅い仕事人間の息子をよく見捨てずにいてくれましたね、ありがとうパウラさん」

「私達に代わって息子をとても大事にしてくれていると聞いています。本当に、いつもありがとうございます」

決して条件が悪い訳ではないのに、女性との噂話は皆無で仕事一筋真面目人間のオレゲール。政略結婚をしなければ、下手をしたら一生独身かもしれないと両親は思っていた。

そんな時に、本人の口から「公爵令嬢に求婚したい」という言葉が出た時は驚いたが、オレゲールの口から初めて女性の名前が出たので二人は大層喜んだ。

とはいえオレゲールの方が家格が下になってしまうので断られるかと思えば、まさかの「沈黙の公爵令嬢が乗り気」だという返事。

そして二人はあっと言う間に結婚したが、オレゲールが家庭を顧みない……というより家庭に気を配れるほどの余裕などないということはわかっていたので、いつか離縁されてしまうのではと危惧していたのだ。

結果、二人が心配していたようなことはなく……むしろ、両親が驚くほどにオレゲールは良い意味で変わった。オレゲールの仕事の進め方ではいつか身体を壊すと思い、散々注意していた時は一切聞く耳を持たなかったのに、パウラと結婚した後は家で過ごす時間がぐんと増えたと聞く。

仕事は目的ではなく、手段だ。

自分の人生を謳歌して欲しいという両親の息子への願いは、パウラによって実現された。

パウラの家族も、オレゲールの両親も、幸せそうな二人の姿を見ることができて、これ以上の喜びはなかった。仮に世間から遅すぎる結婚式と言われようとも、むしろ逆に心を通わせた後という最高のタイミングだったとすら思える。

やがて歓談の場もお開きの時間となり、来賓客は新郎新婦を残してオレゲールの手配した別の貸別荘へと去って行った。

「オレゲール様、私達はいつ別荘へ戻るのでしょうか？」

「今日は、私達だけこの神殿に泊まるのですよ」

パウラが聞くと、オレゲールはにこりと笑って言った。

そのままオレゲールに導かれて神殿の袖廊《そでろう》の奥まで進むと小さな扉があり、更にその先には少し狭めの寝所が備わっていた。

同じ部屋の中には地底湖へと繋がる階段が設けられており、暖かく柔らかいランプの光が部屋の中を照らし、湖面に反射して天井をゆらゆらと照らす様《さま》は幻想的だ。

「新郎新婦が神殿に泊まるのは、アイザンバクザンの伝統です。昔から妖精《ようせい》達は人間の愛を好むと言われているので、夫婦となった際には本当に愛し合っている二人であることを妖精《ようせい》の傍で過ごして示すのだそうです」

それを聞いたパウラの頬が赤くなる。

「オレゲール様、それはその……つまり……」

「パウラが今想像した性行為《こと》をしても良いですし……ただ愛を語らうだけでも良いとされています。全ての夫婦が営みを行える状況ではないですしね。パウラはどちらがよろしいですか？」

オレゲールはパウラを少しからかうように尋ねる。

「そ、そんなこと……、聞かないで、下さい……」

パウラは少し膨れながら、ぷいと横を向く。そんな妻がオレゲールは可愛くて仕方なかった。

一年の間に築かれた信頼関係が二人の間に気安さを生み、パウラが見せる様々な表情がオレゲールを楽しませてくれる。

「では、私の好きにして良いということでしょうか？……パウラ、貴女が魅力的過ぎて……私の伴侶であると妖精《ようせい》達に見せびらかしたくて堪らないです」

「んっ……、んぅ……」

オレゲールはパウラを抱き締め、深く口付ける。互いの口内を散々貪り気持ちを高めあった頃には、パウラはとろんとした目をオレゲールに曝していた。

その後、二人は激しく繋がって熱を分かち合い、パウラは意識が朦朧《もうろう》とするまでオレゲールに抱き潰された。


二人は翌日の午前中に、結婚式をあげた湖のシンボルである神殿を後にした。

とはいえ、久々にオレゲールの愛を一身に受けたパウラは朝方に熟睡してしまい、気付けば貸別荘に着いていたと言う方が正しい。

パウラが目覚めた頃には使用人達がテキパキと後処理をしてくれたらしく、パウラが着ていたウエディングドレスとオレゲールが着ていたフロックコートは綺麗な状態で室内の一角に飾られていた。オレゲールの姿は既になく、パウラは慌てて身体を起こそうとしたが、自分の身体だというのにぴくとも動かなかった。

（あら……？）

一年の間に何回もあったことなので、パウラは落ち着いて対処した。……即ち、誰かが部屋に来るまで大人しく待っているのである。

(……まるで、自分にとって都合のいい夢を見ていたかのよう……)

パウラは二人の婚礼衣装を眺めながら、結婚式が現実であった喜びを噛みしめる。

(オレゲール様……本当に、素敵だった……)

目の下の隈が標準装備となっている普段のオレゲールもパウラには勿論格好良く映るのだが、結婚式は余程メイドが気合いを入れたのか、大層眉目秀麗な男性に仕上がっていた。

(オレゲール様の性格も素晴らしいのに、見た目まであんなに格好良くなってしまったら……これから、色々不安になってしまいそう……)

使用人達が聞いたら「奥様がそれを言いますか?」と呆れて笑いそうなことを真剣に考え悩むパウラ。

そんな時、丁度アイカナがパウラの寝ている部屋を訪ねた。

「お目覚めですか、奥様」

「ええ。……迷惑を掛けて、すみません……」

「いいえ、いつも申しておりますが、奥様は全く悪くありません」

何か軽くお腹に入れる物をお持ち致しますね、と言ってアイカナが出て行くと、その後オレゲールがパウラの様子を見に来た。

結局その日一日パウラはまともに動くことができず、なんやかんやと世話を焼きに来た乳母《うば》とオレゲールが甲斐甲斐しくパウラの世話をして過ごした。パウラが申し訳なさに恐縮する一方で、普段仕事人間のオレゲールは人の世話を経験したことなど当然なく、全てが新鮮で逆にその時間をとても楽しんだ。

外に出られないこともあり、他の貸別荘に宿泊してまだ帰宅の途についていなかったパウラの父親とオレゲールの両親をパウラ達の貸別荘に招待し、五人で久しぶりにゆっくりとした楽しい時間も過ごすことができた。パウラは両親達が話に盛り上がっているのに微笑みながら相槌を打つことの方が多かったが、それだけでも表情が豊かになったと父親に喜ばれてしまった。

翌日にはパウラも普段通りに動けるようにはなったが、三人はアイザンバクザンの地を去り、先に元の生活へと戻った。

両親達が二人のラブラブっぷり……というよりオレゲールの溺愛っぷりに孫の顔も早く見られそうだという淡い期待を胸に抱えながら、最後は砂糖を吐くような気持ちで退散したということは、だいぶ後に知ることとなる。


パウラが普通に動けるようになると、二人はアイザンバクザンを拠点に何日かに分けて幾つかの観光地を巡った。

「竜の棲《す》み処」と呼ばれる渓谷《けいこく》、「魔女の帽子」と呼ばれる珍しい形の岩、「地獄の洗礼」と呼ばれる絶壁、「獅子《しし》の咆哮《ほうこう》」と呼ばれる不思議な風の音がする湿原。

他にも、千年前に栄えた文化遺跡なども巡り、パウラは心底この新婚旅行を楽しんだ。

病弱だった転生前のパウラも、転生後の断罪イベントに怯えるパウラも、どちらも遠出や外出とは無縁の生活を送っていた。

「ここ最近は、パウラの泣き顔を沢山見られますね」

オレゲールはそう言いながら、キスするように顔を近づけてパウラの頬を伝った涙をペロリと舐め取る。

「……す、すみません……私、また……」

「謝らないで下さい、パウラ。私は責めてはいません……むしろ嬉しく思います。パウラの感情が揺さぶられるような場所に連れて来られたと実感できますので」

「……はい」

初めてアイザンバクザンの景色を見た時同様、パウラはどんな観光地を回っても感激して涙が流れてしまう。今までどうやって感情を押し殺してきたのだろうと思うほどに、パウラの感受性は豊かだった。

「……これからはもっと休みを取ります。沢山色々なところに行きましょうね」

「はい……ありがとうございます」

結婚前のパウラは人とのかかわりが苦手な引き籠りだったために、オレゲールが「パウラは外が苦手」だと思い込んでも何の落ち度もないのだが……パウラのいじらしく可愛らしい反応が観光地を巡るごとに引き出されて、こんなに喜んでくれるのであればもっと早く連れて来てあげるべきだったとオレゲールは深く後悔していた。

そもそも新婚旅行の存在をすっかり忘れてしまっていたので、今回遠出の提案をしてくれたレイブンには何かいいお土産を買っていかなければ、と考える。

「他にどこか行ってみたいところはありますか？」

オレゲールは、次回の参考にとパウラに問い掛けてみたが、パウラはこの新婚旅行中のことだと勘違いしたらしい。

「あの……アイザンバクザンの湖の、手漕ぎボートに乗ってみたいのですが……」

「勿論、いいですよ。では、明日早速行きましょうか」

遠慮がちにお願いするパウラに、オレゲールは顔を綻ばせて答えた。


そして翌日。子供のように興奮しはしゃぐ様子のパウラをオレゲールは微笑ましく思いながら、パウラの指した方を見る。

「オレゲール様、見て下さい……ほら、お魚が泳いでいます……！　水が透き通って、とても深くまで綺麗に見えます」

「この湖は国内でも有数の透明度を誇りますからね。パウラ、そんなに身を乗り出しては危ないですよ」

アイザンバクザンの湖には固有種である魚が多く棲んでおり、専門家も調査のために訪ねてくるような場所であった。

「ああ、あれは魚ではなく爬《は》虫類《ちゅうるい》のデゴスメダイカルという種類ですね」

「えっ……？　完全に水の中にいますが……それにあの、手足があるようには見えないのですが……」

「殆《ほとん》ど退化していて、真上から見ると余計わかりにくいのです。逆に、ヒレも見えないはずですが……あ、今の角度なら見えますか？」

「はいっ！　……？」

元気に返事をしたものの、どうやらパウラにはわからなかったらしい。首を傾げるパウラに、オレゲールは笑って提案する。

「この先にビーチがあるのですが、少し行ってみませんか？　そのビーチは足がつきますから、この美しい魚達をもっと近くで見られますよ」

「そうなのですか？　では、行ってみたいと思います」

王城近くのバラーダ伯爵家に戻ってしまえば、近場で魚を見られるような場所はない。パウラは初めての経験にワクワクしながら頷いた。

パウラの同意を得ると、オレゲールはオールを操り、幅三メートルほどの小さな入り江に入っていく。その先にはまるでプライベートビーチ感覚で楽しめるような砂浜のビーチが、小ぢんまりと広がっていた。

ビーチに繋がる桟橋《さんばし》の先にボートを横づけにすると、ロープでボートを括り付けたオレゲールが先に桟橋《さんばし》に降り立ち、パウラに手を伸ばす。

「パウラ、どうぞこちらへ」

「はい」

パウラがおっかなびっくりオレゲールに向かって手を差し出すと、オレゲールは笑ってその手を軽く引っ張った。

「きゃっ……」

「驚かせてすみません、パウラ」

自分の胸に引き寄せたパウラをオレゲールはしっかりと抱き留め、二人はビーチに向かう。

砂浜の上に辿り着くと、オレゲールは自分の靴を脱ぎながらパウラに声を掛ける。

「そのままではドレスが濡れてしまいますから、少し捲り上げたところで結んで固定しましょう」

「は、はい」

公爵令嬢だったパウラは、そんなはしたないことをしたことがない。何だか少し悪いことをしているような、ドキドキした気分で靴やストッキングを脱ぐと、ドレスを持ち上げたまま膝の上あたりをオレゲールの渡してくれた紐で結んだ。パウラのすらっとした美しい足が、太陽の下に曝される。

「こちらへおいで、パウラ」

「はい、オレゲール様」

二人はまるでこれから躍り出すかのような軽やかな動きで、波打ち際へと移動した。

サラサラの砂の感触がパウラの足の裏をくすぐり、サクサク、と心地好い音を立てた。

一生懸命水飛沫をあげないように、ドレスを濡らさないようにパウラは進む。

ふくらはぎの途中まで浸かるくらいの深さまで進むと、オレゲールは「下を見てみて下さい」と笑顔でパウラに勧める。

パウラが髪の毛を押さえながらそっと覗き込むと、そこには大小様々な魚達が、気持ちよさそうに泳いでいた。

「可愛い……あれはなんというお魚でしょう……」

この湖の魚達は、天敵もおらずのびのびと暮らしているらしい。パウラ達の行為など全く我関せず、カラフルな魚達が群れを成してスイスイと向きを合わせて泳ぎ、もう少し大きな魚達は水底近くで口をパクパクとさせながらマイペースに泳いでいた。

よく目を凝らすと数種類の微動だにしない貝や、湖底の上を飛ぶように移動する透明なエビなども観察することができる。

「凄いです……！　もっと見たいです」

「パウラは息を止めて水に顔をつけることはできますか？」

「はい。恐らく、それくらいでしたら……」

「水の中で目を開けることは？」

「はい、できます」

「では一度、水の中を直接見てみますか？　とても綺麗ですよ」

オレゲールは「こんな感じです」と言うと自ら先にとぷん、と湖の中へ顔を沈ませた。

「どうでしょう、できそうですか？　ドレスは私が押さえておきますが……実はボートに着替えも用意しているので、濡れても気にしないで大丈夫ですよ」

オレゲールは、濡らした髪を掻き上げながらパウラに提案する。パウラは「水も滴るいい男」状態のオレゲールにどぎまぎして、つい視線を逸らしてしまった。

（オレゲール様の色気が凄いです……）

「やってみます」

パウラもオレゲールの真似をして顔を水面につけると、湖の中を直接目で見た。

（まぁ……！）

パウラはきょろきょろとしてお気に入りの魚を目で追った。日差しは柔らかな方だが、オレゲールの想像以上にパウラが飽きもせず夢中になってしまったので、しばらくしてから声を掛ける。

「パウラ、これ以上日に当たったら侍女達に私が叱られてしまいそうです。あちらの岩場が日陰になっておりますので、少し移動しましょうか。違う種類の魚もいると思いますよ」

「はい！」

パウラが目を輝かせて同意するのでオレゲールは微笑ましく頷き、二人は岩場の近くへと移動する。

「オレゲール様、あそこに蟹がいます」

「そうですか。……食べるにはまだ小さそうですね」

「た、食べません！」

二人は冗談を言い合いながら、また場所を変えて観察を続ける。

パウラはその後も、潜って魚を見たり岩場を覗いたりして心底楽しんでいるようだった。

湖の水温は、高くも低くもない。所謂適温であるが、オレゲールはパウラが身体を冷やすかもしれないと思って声を掛けた。

「パウラ、そろそろ戻りましょうか」

「はい。……あら、今のは……」

パウラは岩場の隙間に顔を近づけた。

「どうしました？」

オレゲールも、パウラの視線を追い掛ける。

「……」

「……」

二人の視線の先、小魚程度の大きさの「人間」が、その岩場で欠伸をしつつ背伸びをしていた。

しかし、二人の視線を感じたのか、驚いた顔をした「人間」はあっという間に姿を消す。

「……今の……見ましたか？」

「はい、見ました」

二人は同時に白昼夢でも見たかと思ったが、明らかにやたら小さな人間だった。しかし、人間である訳がない。

「……妖精《ようせい》でしたね」

「えっ？　……ああ……確かに、妖精《ようせい》でした」

町おこしの一環だと思っていた妖精《ようせい》の言い伝えは、真実であった。

「……私達の結婚を祝福してくれたのでしょうか」

あの妖精《ようせい》の様子から、単に寝て起きてびっくりして隠れたようにしか見えなかったが、オレゲールは「そうかもしれませんね」と同意した。

二人一緒であれば、この先の未来も幸せであると、確信していたからだ。

「明日、この湖の固有種を揃えた博物館にでも行きましょうか」

「はい！　是非」

喜ぶパウラを見て、オレゲールは微笑んだ。


夢のような時間を過ごした新婚旅行はあっという間に終わりを迎え、二人はいつも通りの生活に戻った。

「大丈夫ですか？　パウラ」

けれどもバラーダ伯爵家に戻ってからのパウラの体調は本調子ではなく、どこか顔色が優れず食欲もない。新婚旅行で無理をさせてしまったかとオレゲールは反省したが、パウラは「多分違うと思います」と、ここ最近体調が優れない日が他にもあったことを告白した。

どんな症状があるのかを一緒に聞いていたアイカナが、「あの……それって、ご懐妊ではないでしょうか？」と二人におずおずと尋ねて、バラーダ伯爵家は俄《にわ》かに騒がしくなる。

オレゲールが直ぐさま医師を呼んでパウラの妊娠《にんしん》が確認され、バラーダ伯爵家は一気にお祭りムードが漂い、誰もが心からの祝福を述べた。

今日もオレゲールは、最愛の妻のお腹に耳を当てつつ、寝ている時にこっそりと本音を聞き出す。

「子供に会える日が、とても楽しみですね」

「……はい、元気に生まれてくれれば……それだけで……」

「……昨日同僚から聞いたのですが……私はパウラに構って頂けなくなることが怖いです」

「……何故でしょうか……」

「妻の愛が、子供に全て奪われる、とのことで……」

「え？」

「……きっと……愛は……減りません……」

「……私の愛する人が、増えるだけ……です……」

「……増えるだけ……」

オレゲールは、眠るパウラの額に口付ける。

パウラの本音は、いつもオレゲールの心を軽くするのだ。

沈黙の公爵令嬢と言われたパウラは、今となっては誰とでも会話をし、笑顔を見せ、周りの者を魅了《みりょう》する。オレゲールは、それが嬉しくもありつつ、少しの寂寥感《せきりょうかん》もあった。

オレゲールとパウラはいつの間にか仲が良い夫婦ということで社交界に知れ渡っているらしいのだが、子供ができればいつかは考え方もすれ違い、喧嘩をする時も来るのだろうと思う。

その時もきっとオレゲールは、最愛の妻が寝ている時にこっそりと本音を聞き出すのだ。

そして締めくくりは、いつも同じ愛の囁き。

「愛しています、パウラ」

「私も、愛していますオレゲール様」

――二人が、その言葉にもう一人の名前を付け加える日が来るのは、後少し先のことである。

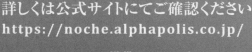

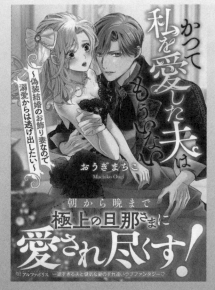

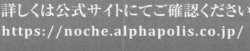

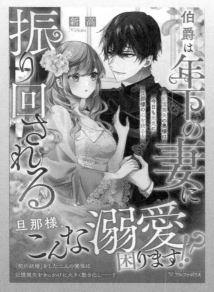

この作品に対する皆様のご意見・ご感想をお待ちしております。

おハガキ・お手紙は以下の宛先にお送りください。

【宛先】

〒 150-6019 東京都渋谷区恵比寿 4-20-3 恵比寿ｶﾞｰﾃﾞﾝﾌﾟﾚｲｽﾀﾜｰ 19F
（株）アルファポリス　書籍感想係

メールフォームでのご意見・ご感想は右のＱＲコードから、
あるいは以下のワードで検索をかけてください。

アルファポリス　書籍の感想　検索

ご感想はこちらから

本書は、「アルファポリス」（https://www.alphapolis.co.jp/）に掲載されていたものを、
改題、改稿、加筆のうえ、書籍化したものです。

寡黙《かもく》な悪役令嬢《あくやくれいじょう》は寝言《ねごと》で本音《ほんね》を漏《も》らす
イセヤレキ

2024年 1月 31日初版発行

編集－加藤美侑・森 順子
編集長－倉持真理
発行者－梶本雄介
発行所－株式会社アルファポリス
〒150-6019 東京都渋谷区恵比寿4-20-3 恵比寿ｶﾞｰﾃﾞﾝﾌﾟﾚｲｽﾀﾜｰ19F
TEL 03-6277-1601（営業）　03-6277-1602（編集）
URL https://www.alphapolis.co.jp/
発売元－株式会社星雲社（共同出版社・流通責任出版社）
〒112-0005 東京都文京区水道1-3-30
TEL 03-3868-3275
装丁イラスト－うすくち
装丁デザイン－AFTERGLOW
（レーベルフォーマットデザイン—團 夢見（imagejack））
印刷－中央精版印刷株式会社

価格はカバーに表示されてあります。

落丁乱丁の場合はアルファポリスまでご連絡ください。

送料は小社負担でお取り替えします。


ISBN978-4-434-33321-7 C0093